KB275007

쉽게 읽는 고문진보

시

쉽게 읽는 고문진보 시

제1판 제1쇄 2025년 11월 5일

엮은이 황견
풀어쓴이 조재도
펴낸이 이광호
주간 이근혜
편집 박지현
마케팅 이가은 허황 최지애 남미리 맹정현
제작 강병석
펴낸곳 ㈜문학과지성사
등록번호 제1993-000098호
주소 04034 서울 마포구 잔다리로7길 18(서교동 377-20)
전화 02) 338-7224
팩스 02) 323-4180(편집) 02) 338-7221(영업)
대표메일 moonji@moonji.com
저작권 문의 copyright@moonji.com
홈페이지 www.moonji.com

ISBN 978-89-320-4471-2 04820
ISBN 978-89-320-4470-5 04820(전2권)

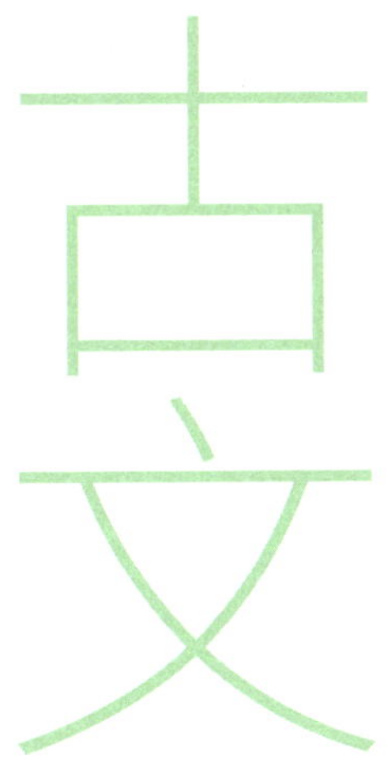

쉽게 읽는 고문진보

시

황견 엮음
조재도 풀어씀

송병렬 감수

문학과지성사

고문을 에세이처럼 읽게

모든 일은 작은 점에서 시작된다. 나는 지방의 사범대를 졸업한 후 교사 초년생이던 1980년대 초 2년 남짓 한문을 공부한 적이 있다. 대학원에 진학하는 데 제2 외국어가 필요했고 한문을 선택해서였다. 그때 수염이 허연 할아버지에게 학원에서 사서四書를 배워 띄엄띄엄 읽었다. 그 후 나는 대학원 시험에 떨어졌고, 1985년 전두환 신군부가 용공 조작한 『민중교육』지에 시 「너희들에게」 외 다섯 편을 발표하여 필화 사건을 겪으면서 학교에서 파면…… 그 후 전교조로 다시 해임…… 민주화 운동의 한복판에서……, 그러다 1994년 복직…… 어느덧 만 55세가 되어 명퇴했다.

퇴직 후 일상 가운데 하나로 영어와 한문 공부를 시작했다. 다른 목적은 없고 순전히 기억력 유지를 위해서였다. 어떤 글자나 단어를 읽고 뜻은 알겠는데 쓸 수가 없었다. 그래서 시작한 게 『고문진보』를 읽고 필사하기. 20대에 공부했던 한문을 30년이 지난 50대 후반에 다시 만난 것이다. 그것도 남이 해석해놓은 책을 놓고 손가락으로 하나하나 짚어가며 번호를 매겨야 겨우 뜻이 이해되는 얼치기 실력으로. 그렇게 세 번 『고문진보』를 필사했다.

그러다 문득 드는 생각. 이 좋은 글을 요즘 사람 누가 읽겠나, 한문을 전공하여 한문으로 밥 벌어먹는 사람이 아니고서야. 게다가 시와 산문을 번역한 것을 보니, 학자들이 번역한 탓인지 글을 읽는 맛과 정취가 덜 느껴지는 아쉬움이 있었다. 모든 예술 작품은 대중화되어야 한다는 것이 나의 지론이다. 전문가나 일부 계층만이 아니라 남녀노소 누구나 예술적 흥취와 멋을 누릴 수 있어야 한다. 『고문진보』 역시 그러하다. 인류 역사상 가장 훌륭한 글을 모아놓았다는, 그리하여 진귀하고 보배로운 이 책을 오늘날 누구든 어렵지 않게 읽을 수 있어야 한다. 그런 문제의식을 가지고 주변에서 책을 찾아보았지만 견문이 짧아서인지 찾을 수 없었다. 이 점이 『고문진보』를 필사하면서 느낀 가장 큰 아쉬움이었다.

그리하여 내린 결론. 내가 하자. "무식한 도깨비 부적 무서운 줄 모른다"는 속담이 있듯이, 오히려 무식하기에 내지를 수 있었다. 전공자들이 시시비비 따지는 어려운 이론은 옆에 밀어두고, 이도 저도 모르는 내가 '내 식대로' 하자. 한마디로 말해 한문투성이로 되어 있어 읽기 어려운 고문을 요즘 에세이 읽듯이 쉽게 읽을 수 있도록 한문을 벗겨내고 풀어 써보자. 이 책에서 이야기한 것 말고 더 알고 싶은 것이 있으면 독자가 스스로 찾아 공부하면 된다. 이런 의도로 쓴 것이 바로 이 책이다.

나는 이 책에서처럼 고문에서 한문이라는 갑옷을 벗겨내는 일이 반드시 바람직하다고 생각하진 않는다. 그렇다고 책이라는 밀폐된 공간에 한문이라는 갑옷을 입고 옹색하게 들어앉아 있는 고문을 좋다고 여기지도 않는다. 여러 방향으로 열려 있어 대중과의 접촉면을 늘리되 전공자는 전공자로서 자기 영역을 연구하고, 일반인은 자기 수준에 맞게 흥취를 느끼고 교양을 함양하면 될 것이다.

젊어서 처음 맺은 한문과의 작은 인연이 30년이 지난 후 『고문진보』를 필사하게 하였고, 그 행위가 책으로 묶여 나왔다. 인생에서 어떤 일이 하나의 결과로 이어지는 것이 이와 같다. 전혀 연관이 없을 것 같은 작은 점들이 세월의 간극을 뛰어넘어 이렇게 하나의 선으로 이어진다.

이 책이 나오기까지 많은 분의 도움을 받았다. 특히 영남대 한문교육과 송병렬 교수가 맨 처음 이 원고를 읽고 「발문」을 써주었다. 이 「발문」을 통해 우리는 『고문진보』에 대한 이해의 폭을 넓힐 수 있을 것이다. 문학과지성사 박지현 편집장과 유자경 디자이너도 빼놓을 수 없다. 나와 출판사 사이에서 여러 일정을 부드럽게 조율하고, 성심껏 실무를 처리해 자칫 지루하고 짜증이 날 작업을 가볍고 살갑게 처리해주었다. 그리고 미흡한 글을 꼼꼼히 바로잡아준 이현숙 님에게도 감사의 인사를 전한다.

한문을 벗어버린 『고문진보』, 에세이처럼 가볍게 읽는 『고문진보』. 그 가운데서도 특별히 기억해두면 좋을 핵심 문장 '한 구절.' 이 책이 독자에게 어떻게 다가갈지 벌써부터 궁금하다.

2025년 가을

조재도

차례

일러두기

1. 이 책은『고문진보』에 대한 많은 한글 번역본을 비롯해 을유문화사의『고문진보』
(전집, 후집)를 참고하였다.
2. 작품의 제목 외에 원문 번역과 해설에서 한자를 되도록 사용하지 않았다.
3. 옛글 가운데 가장 진귀하고 보배로운 시 242편을 모아 엮은『고문진보』전집에서
널리 읽히고 회자되는 40편을 선별해 옮기고 풀어 썼다.

권학문 勸學文

주희

말하지 말라, 오늘 배우지 않고 내일이 있다고.
말하지 말라, 올해 배우지 않고 내년이 있다고.
낮의 해와 밤의 달은 늘 가고, 세월은 나를 기다려주지 않으니
아, 어느새 늙었구나! 이 누구의 허물인가.

해설과 감상

이 시는 2구가 되풀이되는 형식의 대구로 되어 있다. 지금 해야 할 공부를 내일로, 혹은 내년으로 미루지 말라는 내용이다. 이 글의 묘미는 아래 두 구절에 있다.

무심히 흐르는 "세월은 나를 기다려주지 않으니 / 아, 어느새 늙었구나! 이 누구의 허물인가."

여기서 우리는 이미 늙어버린 지은이의 탄식을 엿볼 수 있다. 지은이는 시간이 그렇게 쏜살같이 흐르니, 젊은이는 일분일초라도 시간을 아껴 학문에 힘쓸 것을 권하고 있다. 마지막 행에 보이는 탄식조의 절실한 심경 토로가 읽는 이의 마음을 휘어잡는다.

한 구절

일월서의 日月逝矣 (하고)

세불아연 歲不我延 (이라)

해와 달은 늘 가고
세월은 나를 기다려주지 않는다.

주희(1130~1200)

중국 남송 때의 철학자이자 사상가. 주자학을 집대성하여 중국 사상계에 큰 영향을 미쳤다. 『주자문집』 등 많은 저서를 남겼다.

『고문진보』는 전집과 후집으로 되어 있다. 전집은 시를, 후집은 산문을 실었다. 전집 맨 앞에 「권학문」이 있다. 권학문이란 배우기를 권장하는 글이라는 뜻이다.『고문진보』에는 진종황제「권학문」을 비롯하여 여러 편의 「권학문」이 실려 있다.『고문진보』맨 앞에 「권학문」이 실린 것은 글공부하는 이에게 무엇보다 먼저 배우기에 힘쓸 것을 권장하기 위한 것으로 보인다.

여러 편의 「권학문」 가운데서 이 책은 주희의 「권학문」을 번역해 실었다. 다른 작품보다 현실성이 뛰어나서다. 주희는 앞의 「권학문」 외에 「우성」(우연히 짓다)이라는 시에서 다음과 같이 학문에 힘쓸 것을 노래하기도 했다.

우성偶成

주희

소년은 늙기 쉽고 학문은 이루기 어려우니
짧은 시간이라도 가벼이 여기지 말라.
연못가 봄에 난 풀이 푸릇푸릇한가 싶었는데
섬돌 앞 오동나무 이파리는 벌써 가을이 되어 떨어진다.

『고문진보』에 실린 「권학문」 가운데 백낙천의 작품 하나를 더
소개한다.

권학문 勸學文
백낙천

밭이 있어도 경작하지 않으면 곳간이 비고
책이 있어도 가르치지 않으면 자손이 어리석다.
곳간이 비면 갈수록 생활이 궁핍해지고
자손이 어리석으면 예의에 어두워 거칠어진다.
만약 밭을 갈지도 않고 가르치지도 않는다면
이는 부형의 잘못.

서늘한 밤에 (청야음 淸夜吟)

소옹

달이 하늘 한가운데 뜨고
바람이 물 위에 불어온다.
이 맑고 상쾌한 맛을
세상에 아는 이 적구나.

해설과 감상

이 시는 달이 하늘 한가운데 뜨고 수면 위로 바람이 잔잔히 불어
올 때, 그 맑고 상쾌한 맛(풍정)을 아는 이 드물다는 뜻이다. 그러
나 이 시는 단순히 그러한 자연 풍광만을 묘사한 것이 아니다. 이
시에는 세상의 명리(명예와 이익)를 좇는 마음에서 벗어나, 도심
(도의 중심)에서 나오는 현묘한 이치를 아는 사람이 드물다는 뜻
이 담겨 있다. 세상 욕심을 깨끗이 내려놓고 나서야 다다를 수 있
는 '도'의 세계를 노래하고 있다.

한 구절

일반청의미一般淸意味(를)
요득소인지料得少人知(라)

이 맑고 상쾌한 맛을
세상에 아는 이 적구나.

사계절 (사시四時)

도연명*

봄물은 사방 연못에 가득하고
여름 구름 기이한 산봉우리 같다.
가을 달 환하게 비추고
겨울 산마루에 외로운 소나무 우뚝하다.

해설과 감상

이 시는 사계절의 특징을 간략하게 묘사하여 읽는 이에게 자연미 자체를 느끼게 한다. 겨우내 쌓인 눈이 봄이 되어 녹아 연못마다 물이 가득 넘실댄다. 여름 하늘엔 구름이 높이 일어 그 모양이 기이한 산봉우리 같다. 가을은 어떤가? 달이 중천에 떠 만물을 환하게 비추고, 겨울 산마루엔 소나무 한 그루가 우뚝 솟아 외롭다. 각 구마다 계절을 첫 단어로 사용하여 1구에서 4구까지 그 변화를 나타낸다.

자연이란 무엇인가? 자연은 인간과 함께 있지만, 저 홀로 '저만

* 지은이가 고개지라는 설도 있으나 여기서는 도연명으로 함.

치’ 떨어져 있기도 하다. 자연은 끝이 없다. 인간은 끝이 있다. 이 시를 읽으며 인간의 삶이 더욱 유한하게 느껴지는 것은 철 따라 반복되는 자연의 무한함 때문일 것이다.

한 구절

춘수만사택春水滿四澤(하고)
하운다기봉夏雲多寄峰(이라)
봄물은 사방 연못에 가득하고
여름 구름 기이한 산봉우리 같다.

도연명(365~427)

중국 육조시대 동진東쯤의 대시인. 본명은 도잠. 호는 오류선생. 어려서부터 학문을 좋아하여 시문에 뛰어났으며, 전원시인으로도 불린다. 「귀거래사」라는 유명한 사辭를 남겼다.

강에 눈 내리고 (강설 江雪)

유종원

온 산에 새 한 마리 날지 않고
길이란 길에 사람 자취 끊겼다.
외로운 배 도롱이에 삿갓 쓴 늙은이
차가운 강 눈 오는데 혼자 낚시질.

해설과 감상

이 시는 눈 덮인 겨울 강변을 노래하고 있다. 쌓인 눈 위에 또 눈이 와 길이 모두 끊기고, 새 한 마리 날지 않는다. 그런 강가에 배가 한 척. 눈을 맞지 않으려고 어깨에 도롱이를 걸쳐 입은 노인이 삿갓을 쓴 채 홀로 낚시질을 한다. 눈 오는 강변의 광대한 설경을 배경으로 하나의 점처럼 그려져 있는 노인. 그 자연과 인물의 대조가 끝없는 생각을 불러 모은다.

한 구절

천산조비 절 千山鳥飛絶 (하고)

만경 인종멸萬逕人蹤滅(이라)

온 산에 새 한 마리 날지 않고
길이란 길에 사람 자취 끊겼다.

도사를 찾아갔으나 만나지 못하다

(방도자불우 訪道者不遇)

가도

소나무 아래 동자에게 물으니
스승은 약초 캐러 가셨다 한다.
이 산 어딘가 계시긴 하겠지만
구름이 깊어 모른다 한다.

해설과 감상

도사는 세속을 떠나 도를 닦는 사람을 말한다. 지은이는 산속에서 도를 닦는 도사를 찾아갔으나 만나지 못한다. 도사의 심부름을 하는 어린 동자한테 이 산 어딘가에 계시긴 할 텐데 구름이 깊어 어디인지 알 수 없다는 말만 듣는다. 그다음 지은이는 어떻게 했을까? 기다렸을까? 다음에 다시 오겠다며 돌아갔을까? 시의 행간에는 세속을 떠나 도를 닦으며 깨끗이 살고 있는 도사를 부러워하는 지은이의 마음이 엿보인다.

한 구절

지재차산중 只在此山中 (이나)

운심부지처 雲深不知處 (라)

이 산 어딘가 계시긴 하겠지만

구름이 깊어 모른다 한다.

가도(779~843)

중국 당나라 때의 승려이자 시인. 한유와 '퇴고'의 고사로 유명하다. 그가 "승고월하문 僧敲月下門"이라는 시구를 놓고 '퇴推'(밀다) 자로 해야 할지, '고鼓'(두드리다) 자로 해야 할지 고민하다, 당시 경조윤(서울특별시장에 해당) 한유의 행차를 막고 의견을 구한 데서 '퇴고'라는 말이 생겨났다고 한다.

22

누에 치는 아낙 (잠부蠶婦)

작자 미상

어제는 성안에 갔다가
돌아오며 눈물 흠뻑 흘렸다.
몸에 비단 두른 사람들
누에 치는 사람들이 아니었어.

해설과 감상

이 시는 누에 치는 것은 고사하고 누에 치는 고통조차 알지 못하는 사람들이 몸에 비단을 두르고 다니는 것을 보고, 집에 돌아오며 눈물을 흘렸다는 내용이다. 예나 지금이나 생산자가 그 생산물을 향유하지 못함은 똑같은가 보다. 아파트 짓는 공사장에서 땀 흘려 일하는 노동자는 집이 없다. 공장에서 밤을 새워 만든 제품을 갖는 사람은 일하지 않는 부자들이다. "돌아오며 눈물 흠뻑 흘렸다"라는 구절에서 일하는 사람들에 대한 지은이의 동정과 연민을 느낄 수 있다.

한 구절

편신기라자遍身綺羅者(는)
불시양잠인不是養蠶人(이라)

몸에 비단 두른 사람들
누에 치는 사람들이 아니었어.

편신기라자遍身綺羅者(는)
불시양잠인不是養蠶人(이라)

농부를 불쌍히 여기다(민농憫農)

이신

봄에 곡식 한 알 뿌리면
가을에 만 알의 곡식 거둔다.
천하에 놀리는 밭 없는데
농부들은 굶어 죽어.

해설과 감상

이 시는 농민을 가엾게 여긴다는 뜻의 「민농」두 편 중 하나다. 시구 "천하에 놀리는 밭 없는데 / 농부들은 굶어 죽어"라는 표현에서 볼 수 있듯이, 농민이 수탈당하는 현실에 대한 분노를 가감 없이 드러내고 있다. 『고문진보』에는 이처럼 일하는 사람들에 대한 민중적 연대감을 노래하는 시들이 적잖이 있다. 음풍농월이 아닌 현실 생활에서 길어 올린 시라는 점에서 귀하다.

한 구절

사해무한전四海無閑田(인데)

농부유아사 農夫猶餓死 (로다)

천하에 놀리는 밭 없는데

농부들은 굶어 죽어.

이신(772~846)

중국 당나라 때의 시인. 몸집이 작아 단리短李라고도 하였다.

농부유아사 農夫猶餓死 (로다)

천하에 놀리는 밭 없는데

농부들은 굶어 죽어.

왕소군 王昭君

이백

소군이 옥으로 장식한 말안장에 올라
곱고 붉은 뺨에 눈물 흘린다.
오늘은 한나라의 궁녀이지만
내일은 오랑캐 땅의 첩.

해설과 감상

왕소군은 중국 전한 때 원제元帝의 궁녀로, 중국 사대 미인(서시, 초선, 양귀비, 왕소군) 중 한 명이다. 이름은 장이다. 성을 왕, 자를 소군이라고 하여 보통 왕소군이라고 한다.

원제는 궁녀가 너무 많아 일일이 다 볼 수 없었으므로 화공인 모연수에게 후궁들의 초상화를 그리게 하여 그 그림을 보고 맞아들였다. 후궁들은 화공에게 잘 그려달라며 많게는 10만 전, 적게는 5만 전의 뇌물을 바쳤고, 화공은 자기 마음에 드는 사람을 더 예쁘게 그렸다. 하지만 왕소군은 뇌물을 바치지 않았고, 이를 밉게 본 화공은 왕소군을 터무니없이 못생기게 그렸다. 그리고 이를 믿었던 원제는 왕소군을 거들떠보지도 않았다.

기원전 33년, 세력이 커진 흉노와의 화친 정책으로 원제는 화공이 그린 초상화 중 제일 못생긴 왕소군을 찍어 흉노에게 시집보내기로 하였다. 때가 되어 이별을 알리기 위해 마련된 자리에서 왕소군을 본 원제는 그 아름다움에 놀라움을 금치 못했고, 땅을 치며 후회했으나 이미 때는 늦었다. 그 후 원제는 소군을 못나게 그린 화공을 죽이고 재산을 몰수했지만 이미 엎질러진 물이었다.

이 시는 이러한 상황에서 왕소군이 오랑캐 땅으로 출발할 때, 백옥으로 장식한 말안장에 올라 슬픔을 이기지 못해 눈물을 흘리며 흐느끼는 모습을 그리고 있다. 오늘은 한나라의 궁녀이지만, 내일이면 오랑캐의 우두머리인 선우單于의 첩이 되니 그 슬픔이 오죽하겠는가.

이후 왕소군은 아들 넷을 낳았으나 72세 때 병으로 죽었다. 왕소군의 묘는 지금의 네이멍구자치구 후허하오터시 남쪽으로 10킬로미터 떨어진 다칭산 기슭에 자리 잡고 있으며, 추워서 풀이 나지 않는 곳인데 그녀의 무덤만은 풀이 항상 푸르렀다 하여 '청총'(풀이 무성한 무덤)이라 한다. 왕소군의 기구한 운명은 후세에 많은 시와 희곡 등 문학작품의 소재로 채택되었다.

한 구절

금일한궁인 今日漢宮人(인데)

명조호지첩 明朝胡地妾(이라)

오늘은 한나라의 궁녀이지만

내일은 오랑캐 땅의 첩.

이백(701~762)

흔히 '이태백'이라고 한다. 두보와 더불어 중국 당나라의 대시인이다. 그의 시는 거칠 것 없는 자유분방함과 천재적 시풍에 도가적 풍모가 깃들어 있어 사람들은 그를 '시선' '적선'(인간 세계로 귀양 온 시선)이라고도 했다.

이백은「왕소군」이라는 제목으로 시 두 편을 지었는데, 또 다른
「왕소군」은 다음과 같다.

왕소군

이백

한나라 조정 서북 지방의 달이

달그림자를 비추어 소군을 보내네.

한번 옥관의 길에 올라

        서역으로 들어가는 관문

하늘 멀리 떠나면 다시는 못 온다네.

한나라 달은 여전히 동해에서 뜨건만

서쪽으로 시집간 소군은 돌아오지 않네.

연지산은 늘 추워 눈이 꽃을 만들고

미인은 초췌해져 오랑캐 땅 모래에 묻혔네.

살아선 황금이 없어 초상화를 잘못 그리게 하더니

죽어선 푸른 무덤 남겨 사람으로 하여금 탄식하게 하네.

이 시에서 우리의 눈길을 끄는 것은 "한번 옥관의 길에 올라 /

하늘 멀리 떠나면 다시는 못 온다네"라는 구절과 다음의 마지막
두 구절이다.

   살아선 황금이 없어 초상화를 잘못 그리게 하더니
   죽어선 푸른 무덤 남겨 사람으로 하여금 탄식하게 하네.

   후대의 시인들은 왕소군에 대한 일화를 소재로 많은 시를 지었
다. 그 가운데 왕안석과 구양수의 「명비곡」, 동방규의 「소군원」이
유명한데, 여기서는 동방규의 시를 감상해보자. 그의 시에 "호지
무화초胡地無花草 / 춘래불사춘春來不似春"이라는 유명한 구절이 있
기 때문이다.

소군원昭君怨

동방규

한나라는 융성한 때여서
조정에는 무신들이 많은데,
어찌하여 박명한 여인에게
슬프고 괴로운 화친을 시키나.

눈물을 가리고 궁궐을 떠나

슬픔을 머금고 백용구로 나아가네.
선우는 놀라며 한없이 좋아하지만
다시 옛 모습은 돌아오지 않으리.

오랑캐 땅에는 화초가 없어 (호지무화초胡地無花草)
봄이 와도 봄 같지 않네. (춘래불사춘春來不似春)
저절로 허리띠가 느슨해짐은
몸매를 관리해서가 아니라네.

"춘래불사춘"이라는 구절은 중국 당나라 시인 동방규가 오랑캐 땅으로 시집가서 외로움과 향수에 젖었을 왕소군의 심정을 대신하여 노래한 것이다. 이 구절이 요즘에도 "봄이 와도 봄 같지 않다"라는 뜻으로 곧잘 쓰인다.

일곱 걸음의 시 (칠보시 七步詩)

조식

콩대를 태워 콩을 삶는데
솥 속에서 콩이 울고 있다.
본시 같은 뿌리에서 났거늘
들볶기가 어찌 이리 심할까.

해설과 감상

이 시는 흔히 '조식의 칠보시'로 유명하다. 조식은『삼국지연의』에 나오는 조조의 셋째 아들이다. 조조 가문에는 시문에 뛰어난 사람들이 많았는데, 특히 조조와 그의 두 아들 조비, 조식을 '3조'라 하여 사람들의 칭송이 자자했다.

서기 220년 조비는 치열한 경쟁 속에 동생 조식을 누르고 후계자로 낙점받았고, 아버지 조조의 뒤를 이어 위나라의 왕이 되었다. 왕위에 오른 조비는 동생 조식을 갈수록 시기하고 괴롭히다가, 마침내 조식을 죽이기로 결심하고 그럴듯한 명분과 구실을 찾는다. 자기보다 재능이 뛰어난 조식이 무슨 일을 꾸밀지 두려워서였다. 그런데 마침 아버지 조조의 장례식에 문상을 오지 않자 불효 죄를

물어 조식을 죽이려고 불러들여 다그친다.

"네가 시를 잘 짓는다는 소문이 궁 안팎과 도성에 파다하다고 하는데, 내 앞에서 일곱 걸음을 걷는 동안 시를 지어보아라. 나와 너는 같은 형제이니 형제의 정을 넣어 시를 짓되 형제란 말은 한 글자도 넣어서는 아니 된다."

이런 요구와 함께 "만약 합당한 시를 지으면 목숨을 살려주겠지만 짓지 못하면 너에 대한 소문은 모두 헛소문으로, 돌아가신 아버님과 나를 비롯한 세상을 능멸한 죄이니 절대 용서하지 않겠다"며 죽이겠다고 한다.

이때 7보(일곱 걸음)를 떼면서 지었다는 시가 바로 이 작품이다. "본시 같은 뿌리(부모)에서 났거늘 / (나를 죽이려고) 들볶기가 어찌 이리 심할까."

조식이 시를 지으며 울먹이자 좌중에 모여 있던 대신과 관리 들이 고개를 끄덕이며 흐느끼고, 어떻게든 구실을 잡아 죽이려던 형 조비마저 안타까운 형제의 정에 그만 울고 말았다. 결국 동생 조식을 죽이지 못하고 "다시는 내 앞에 나타나지 마라" 하고 먼 곳으로 떠나보냈다고 한다.

한 구절

본시동근생 本是同根生 (이거늘)

상전하태급 相煎何太急 (이오)

본시 같은 뿌리에서 났거늘

들볶기가 어찌 이리 심할까.

‣ 오늘날 '동생'이라는 말이 이 시의 '동근생'에서 비롯되었다는 말
   도 있다.

조식(192~232)

삼국시대 위나라 조조의 셋째 아들이자 조비의 동생. 어려서 시문
에 천재적인 재주를 발휘하여 조조의 총애를 받았으나, 형 조비에
게 미움을 사 조비가 왕이 된 후 불우한 나날을 보냈다.

길 떠나는 아들의 노래 (유자음 遊子吟)

맹교

어머니 손에 들린 실로
길 떠나는 아들 옷을 짓는다.

떠날 때 되어 더욱 촘촘히 꿰맴은
돌아옴이 늦을까 걱정하시기 때문.

짧은 풀 같은 자식의 마음으로
석 달 봄 같은 어머니 사랑에 보답하기 어렵다.

해설과 감상

자애로운 어머니가 길 떠나는 아들을 위해 실로 옷을 짓는다. 옷을 더욱 촘촘히 꿰매는 것은 아들이 늦게 돌아올까 봐 걱정하기 때문이다. 그런 어머니의 한없는 사랑은 봄철 내내 비추는 햇볕 같은데, 자신은 이제 막 돋아난 짧은 풀과 같다. 한 치 풀 같은 아들의 마음으로 어떻게 석 달 봄 같은 어머니의 은혜를 갚을 수 있을까.

이 시는 어머니의 사랑을 "석 달 봄"에, 그에 미치지 못하는 아들의 마음을 "짧은 풀"에 비유하여, 모자간의 애틋한 사랑을 노래하고 있다. 봄날의 따뜻한 햇볕과 이제 막 돋아난 짧은 풀 같은 소박한 소재로 어머니에 대한 자식의 사랑을 표현하고 있다.

이 시는 실제로 지은이 맹교가 50세 무렵 진사에 급제하여, 늦은 출세로 노모에게 보은이 미흡했음을 자책하는 내용을 담고 있다.

한 구절

난장촌초심難將寸草心(으로)

보득삼춘휘報得三春暉(라)

짧은 풀 같은 자식의 마음으로

석 달 봄 같은 어머니 사랑에 보답하기 어렵다.

맹교(751~814)

중국 당나라 때의 시인. 젊어서 여러 번 과거에 응시했으나 실패하고 늦은 나이에 급제하여 벼슬에 나갔으나 불우한 여생을 보냈다.

자야오가 子夜吳歌 — 추가 秋歌

이백

장안에 달빛 은은한데
집집마다 들려오는 다듬이질 소리.

가을바람 끝없이 불어오니
이 모두 옥관에 있는 임 그리는 정.

언제나 오랑캐를 평정하고
임은 집에 돌아오실까.

해설과 감상

자야오가는 '자야의 오나라 노래'라는 뜻이다. 동진에 살던 '자야'라는 여인이 처음 만들었다는데, 후세 사람들이 그 슬픈 곡조를 살려 노래로 지었다고 한다. 그러니까 이 시의 제목은 동진에 살던 자야라는 여인이 부른 오나라의 노래라는 뜻이다. 이 시 제목을 그대로 둔 까닭은 '자야오가'라는 말이 워낙 유명해 자세히 뜻을 풀면 오히려 더 이상해질 것 같아서다.

서울 장안에 밤이 되어 달빛이 은은하다. 그런데 집집마다 다듬이질 소리가 요란하다. 왜일까? 남편을 전장에 떠나보낸 부인들이 남편에게 보낼 겨울옷을 짓기 위해서다. 그런데 가을바람이 쉬지 않고 불어온다.

여기서 한 장면을 상상해보자. 달빛 은은한데 집집마다 또드락 또드락 다듬이질 소리가 요란하다. 가을바람은 끊임없이 불어오고, 여인들은 옥관(전쟁터)에 나가 집에 없는 임(남편)을 그리워하며 한숨짓는다. 달빛, 다듬이질 소리, 가을바람, 이 모두가 서역*을 수비하기 위해 옥관에 나가 있는 임을 그리는 정인 것이다.

그러면서 시는 "언제나 오랑캐(흉노)를 평정하고 / 임은 집에 돌아오실까"라고 끝맺는다. 달 밝은 가을밤은 깊어가는데, 전쟁에 나간 임을 그리워하는 여인들의 마음이 애달프게 그려져 있다. 당나라 현종 때 자주 변경을 정벌하여 백성이 전쟁에 동원되면서 가족과의 이별이 잦았는데, 이백은 백성의 원성을 시로 노래하여 정벌 사업을 은근히 풍자하였다고도 볼 수 있다. 이백은 이 시를 '자야사시가'라 하여 춘하추동 네 편의 연시로 지었으며, 이 시는 그중 가을의 노래(추가)다.

훗날 우리나라의 시인 백석이 연인 김영한(법정 스님에게 실상사를 기증함)에게 지어 준 호가 '자야'로, 「자야오가」에서 따온 것이라고 한다.

* 중국의 서쪽 지역. 흉노, 돌궐족 같은 유목 세력(오랑캐)이 자주 침공해옴.

한 구절

하일평호로 何日平胡虜(하고)

양인파원정 良人罷遠征(이오)

언제나 오랑캐를 평정하고

임은 집에 돌아오실까.

이백(701~762)

흔히 '이태백'이라고 한다. 두보와 더불어 중국 당나라의 대시인이다. 그의 시는 거칠 것 없는 자유분방함과 천재적 시풍에 도가적 풍모가 깃들어 있어 사람들은 그를 '시선' '적선'(인간 세계로 귀양 온 시선)이라고도 했다.

이백이 지은 「자야사시가」를 더 읽어보자.

자야사시가 子夜四時歌

이백

\<춘\>

진나라 땅 나부라는 여인
푸른 물가에서 뽕잎을 따고 있었네.
하얀 손은 푸른 가지 위에 움직이고
붉은 화장은 밝은 햇빛에 더욱 선명하네.
누에가 배고파 저는 빨리 가야 하니
태수여 나를 붙들지 마세요.

\<하\>

<u>경호</u> 삼백 리   감호鑑湖. 저장성 사오싱현 동남쪽에 있음
연 봉오리에서 연꽃이 피는구나.
오월에 서시가 연꽃을 따는데
사람들 약야에 몰려 길이 막혔구나.

배를 돌려 달 뜨기를 기다리지 않고
월나라 왕궁으로 가버리는구나.

<추>

장안에 달빛 은은한데
집집마다 들려오는 다듬이질 소리.
가을바람 끝없이 불어오니
이 모두 옥관에 있는 임 그리는 정.
언제나 오랑캐를 평정하고
임은 집에 돌아오실까.

<동>

내일 아침 군 전령병이 떠나니
하룻밤 사이 서방님 옷을 짓네.
흰 손은 싸늘한 바늘을 잡고
옷을 지어 먼 싸움터로 부치네.
어느 날에나 임조 땅에 닿을까.

중국 서쪽의 변방. 임이 계신 곳

벗과 함께 묵다 (우인회숙 友人會宿)

이백

천고의 시름을 씻고자
눌러앉아 백 병의 술을 마신다.

좋은 밤 벗들과 이야기하기 좋구나.
달이 밝아 잠을 이루기 어렵다.

취하여 빈 산에 누우니
하늘과 땅이 이불과 베개로다.

해설과 감상

이 작품은 마음이 맞는 친구와 밝은 달빛 아래 하룻밤을 함께 묵으며 이야기 나눈 일을 시로 쓴 것이다. 뜻이 맞는 친구와 이야기를 나누며 백 병의 술을 다 마셨다. 인생의 무상함과 천고의 시름을 모두 잊기 위해서다. 이렇게 좋은 친구와 술이 있고, 달까지 밝으니 잠을 이루기 어렵다. 술이 잔뜩 취해 인기척 하나 없는 고요한 산속에 쓰러져 누우니, 하늘이 곧 이불이고 땅이 곧 베개가 된다. 이 얼마나 호쾌한 감흥인가. 뒤에 나오는 이백의 다른 작품「술을 권하다(장진주)」나「술잔을 들고 달에게 묻다(파주문월)」에서도 볼 수 있듯이 그의 취중 달관은 다른 어느 시인에게서도 볼 수 없는 경지이며, 그래서 세상 사람들은 이백을 '시선'이라고 하는지 모른다.

한 구절

취래와공산 醉來臥空山 (하니)

천지즉금침 天地卽衾枕 (이라)

취하여 빈 산에 누우니

하늘과 땅이 이불과 베개로다.

이백(701~762)

흔히 '이태백'이라고 한다. 두보와 더불어 중국 당나라의 대시인이다. 그의 시는 거칠 것 없는 자유분방함과 천재적 시풍에 도가적 풍모가 깃들어 있어 사람들은 그를 '시선' '적선'(인간 세계로 귀양 온 시선)이라고도 했다.

전원에 돌아와 살다(귀전원거 歸田園居 — 세 번째 시)

도연명

남산 아래 콩을 심었는데
잡초만 무성할 뿐 콩은 드물다.

새벽부터 풀 우거진 밭을 매고
달빛 받으며 호미 메고 돌아온다.

좁은 길에 풀들이 길게 자라
저녁 이슬에 옷깃이 젖는다.

옷 젖는 거야 아까울 것 없으니
농사나 잘되길 바랄 뿐.

해설과 감상

이 시는 도연명이 벼슬살이를 그만두고 시골에 돌아와 농사를 지으면서 느낀 감흥을 노래한 것이다. 도연명은 '귀전원거'라는 제목으로 다섯 편의 연시를 지었는데, 이 시는 그 가운데 셋째 편이다.

남산에 콩을 심었는데, 싹은 안 나고 풀만 무성하다. 이른 새벽부터 풀을 매다 보니 어느덧 날이 저물어 달이 떠서야 호미 메고 집에 돌아온다. 돌아오는 시골길이 좁아 길게 자란 풀에 축축이 저녁 이슬 내려 바짓가랑이 젖는다. 옷 젖는 거야 애석할 게 없다. 농사나 망치지 않고 잘됐으면 한다.

도연명은 이백이나 두보가 나기 전 중국을 대표하는 시인이다. 그는 30년에 걸친 벼슬살이를 그만두고, 고향에 돌아가 자연에서 소박한 삶을 살기를 늘 소망했다. 이 시에서도 아침 일찍부터 저녁 늦게까지 김을 매는 농부의 노력과 농사가 잘되기를 바라는 마음이 소박한 시어 속에 잘 표현되어 있다.

한 구절

종두남산하種豆南山下(인데)

초성두묘희草盛豆苗稀(라)

남산 아래 콩을 심었는데
잡초만 무성할 뿐 콩은 드물다.

도연명(365~427)

중국 육조시대 동진東晉의 대시인. 본명은 도잠. 호는 오류선생. 어려서부터 학문을 좋아하여 시문에 뛰어났으며, 전원시인으로도 불린다. 「귀거래사」라는 유명한 사辭를 남겼다.

앞서 말한 대로 도연명은 '귀전원거'라는 제목으로 다섯 편의 연시를 지었다. 각각의 시에 시골 생활의 소박한 정경이 잘 나타나 있지만, 여기서는 그중 첫째 편만 더 감상해보자.

귀전원거 — 첫번째 시

도연명

젊어서부터 속세에 어울리지 못하고
천성이 본시 언덕과 산을 좋아했네.

먼지 같은 속세에 잘못 떨어져
어언 삼십 년이 지났구려.

갇힌 새는 옛 숲을 그리워하고
못 속의 물고기는 옛 연못을 그리워하네.

남녘 들 가의 거친 땅을 일구어
소박함 지키려 전원으로 돌아왔네.

택지 넓이 십여 묘畝에
팔구 간間 초가 지었네.

느릅나무, 버드나무가 뒤뜰 처마를 덮고
복숭아나무, 자두나무는 안채 앞에 늘어섰네.

멀리 마을이 보이고
하늘하늘 연기가 피어오르네.

개는 골목에서 짖어대고
닭은 뽕나무 가지에서 울고 있네.

집 안에 번거로움 없으니
빈 방에 한가한 여유 넘치네.

오랫동안 새장에 갇혀 있다가
다시 자연으로 돌아온 것이라네.

왕우군 王右軍

이백

왕우군은 본래 맑고 진실하여
속세에 살아도 때 묻지 않았다.

산음현에서 한 도사를 만났는데
거위 좋아하는 손님을 좋아했다.

흰 비단을 펴 『도덕경』을 베껴 쓰니
글씨가 정교하여 입신의 경지.

글씨 쓰기 마치고 바구니에 거위를 담아 가는데
어찌 주인에게 이별을 고했으리.

해설과 감상

이 시의 제목 왕우군은 동진東晉의 명필가 '왕희지'를 가리킨다.
벼슬이 우군장군이었기에 왕우군이라 한 것이다. 왕희지의 글씨
는 지금도 천하제일이라는 평을 듣는다. 그는 글씨만 잘 쓴 것이

아니라 풍류를 아는 맑고 깨끗한 인물이었다. 그러한 왕희지를 기리기 위해 이백은 이 시를 썼는데, 이 시를 이해하려면 시행 사이 생략된 이야기가 필요하다.

언젠가 산음현에서 왕희지는 거위를 갖고 있는 도사를 만났다. 그 도사는 거위를 좋아하는 왕희지에게 노자의 『도덕경』을 써주면 거위를 주겠다고 약속했다. 4행의 "거위 좋아하는 손님"은 바로 왕희지를 가리킨다. 그리하여 왕희지가 흰 비단을 펼쳐놓고 거침없이 『도덕경』을 썼는데, 그 필치가 입신의 경지에 이르러 인간의 능력이라고는 생각할 수 없을 정도였다. 글씨 쓰기를 마치고 왕희지는 약속대로 거위를 채롱에 넣어 주인에게 작별 인사도 없이 훌쩍 떠나버렸다. 그만큼 그는 인간사에 개의치 않는 깨끗하고 소탈한 사람이었다.

자기가 좋아하는 거위를 얻기 위해 아낌없이 명필을 휘두르고, 아무 미련도 없이 인사조차 하지 않고 훌쩍 떠나버린 그의 맑고 깨끗한 인품이 시에 잘 표현되어 있다.

한 구절

소소사도경 掃素寫道經 (하니)
필정묘입신 筆精妙入神 (이라)
흰 비단을 펴 『도덕경』을 베껴 쓰니
글씨가 정교하여 입신의 경지.

흔히 '이태백'이라고 한다. 두보와 더불어 중국 당나라의 대시인이다. 그의 시는 거칠 것 없는 자유분방함과 천재적 시풍에 도가적 풍모가 깃들어 있어 사람들은 그를 '시선' '적선'(인간 세계로 귀양 온 시선)이라고도 했다.

술 마시며 하지장을 그리워하다
(대주억하감 對酒憶賀監)

이백

①

사명산에 광객이 있었으니
풍류남아 하지장이다.

장안에서 나를 한 번 보고
귀양 온 신선이라 했지.

예전엔 그리 술을 좋아하더니
지금은 소나무 아래 흙먼지가 되었구나.

금거북 주고 술을 사던 곳에서
추억에 눈물이 두건을 적신다.

②

하지장이 사명산으로 돌아가니
산음현의 도사들이 그를 맞았다.

칙명으로 경호의 물을 하사하니
그대의 누대와 못을 위한 영예였다.

사람은 죽고 옛집만 남아
공연히 연꽃만 피어 있구나.

이를 생각하면 아득하기 꿈만 같아
쓸쓸히 내 마음 슬퍼진다.

해설과 감상

이 시의 대체적인 의미는 다음과 같다.

① 사명산에 하계진이라는 사람이 살았는데, 그는 가끔 미친 짓을 하기도 하지만 어딘가 사람을 끄는 매력이 있었다. 장안에서 나(이백)를 처음 만났을 때, 그는 나를 하늘에서 죄를 지어 인간 세상에 귀양 온 신선이라고 했다. 생전에 술을 그렇게도 좋아했는데 지금은 죽어 노송 밑에 흙먼지가 되었구나. 그가 금거북을 주고 술을 사서 나와 마시던 일을 생각하니 슬픔이 두건을 적신다.

② 하계진이 사명산으로 돌아가니 산음현에 사는 도사들이 마

중 나왔다. (그가 경호의 물을 좋아한다는 말을 듣고) 당나라 현종이 칙명으로 그에게 경호의 물을 하사하니, 이는 그가 살던 집의 누대와 연못의 영예였다. 그러나 지금 사람은 죽고, 옛집에 공연히 연꽃만 피어 있다. 이를 생각하면 인간의 살고 죽음이 꿈만 같아 슬퍼진다.

한 구절

석호배중물 昔好盃中物(하더니)
금위송하진 今爲松下塵(이라)

예전엔 그리 술을 좋아하더니
지금은 소나무 아래 흙먼지가 되었구나.

이백(701~762)

흔히 '이태백'이라고 한다. 두보와 더불어 중국 당나라의 대시인이다. 그의 시는 거칠 것 없는 자유분방함과 천재적 시풍에 도가적 풍모가 깃들어 있어 사람들은 그를 '시선' '적선'(인간 세계로 귀양 온 시선)이라고도 했다.

음주飮酒 — 다섯번째 시

도연명

사람 사는 경계에 오두막을 지었으나
수레나 말의 시끄러운 소리 없다.

그대에게 묻노니 어째서 그런가.
마음이 속세를 떠나 있으니
사는 땅도 자연히 궁벽하기 때문이다.

동쪽 울타리 밑에서 국화를 따다가
마음 한가로이 남산을 본다.

날 저물자 산기운은 더욱 좋고
나는 새들 서로 어울려 돌아온다.

이 가운데 참된 뜻이 있으니
말하고자 하나 이미 말을 잊었다.

이 시는 도연명의 '음주'라는 시 20편 가운데 다섯째 시다.

깊은 산속이 아니라 사람들이 사는 동네 "인경人境"(마을 근처)에 오두막을 지었다. 그런데도 "수레나 말의 시끄러운 소리"가 없어, 다시 말해 찾아오는 사람들이 없어 주위가 늘 조용하다. 왜 그러냐고 스스로 묻고, 마음이 세속을 멀리 떠나 있으니 자연히 사는 곳도 궁벽한 시골이라서 그렇다고 스스로 답한다.

울타리 밑에서 국화를 따다가 한가한 마음으로 남산을 바라본다. 날은 저물어 산기운이 더욱 아름다운데, 아침에 둥지를 떠난 새들도 잘 곳을 찾아 서로 어울려 돌아온다. 아, 이런 가운데 우주 만물의 '참뜻'이 있으니, 그것을 말로 표현하려다 보면 적당한 말을 찾지 못해 어느덧 할 말을 잊는다.

이 작품은 도연명의 시 가운데 가장 유명하다. 그는 세상을 피하여 산속에 숨어 산 것이 아니라, 마을 근처에 살면서 유유자적한 자연생활을 즐겼다. 그런 가운데 인생과 자연의 섭리를 깨달은 경지가 이 시에 잘 나타나 있다.

채국동리하採菊東籬下(에)
유연견 남산悠然見南山(이라)

동쪽 울타리 밑에서 국화를 따다가
마음 한가로이 남산을 본다.

도연명(365~427)

중국 육조시대 동진東晉의 대시인. 본명은 도잠. 호는 오류선생. 어려서부터 학문을 좋아하여 시문에 뛰어났으며, 전원시인으로도 불린다.「귀거래사」라는 유명한 사辭를 남겼다.

고시 古詩

작자 미상

백 년도 채 못 사는데
늘 천 년의 시름 품고 있구려.

낮은 짧고 밤은 길어 괴로우니
촛불 밝혀 놀지 않으리오.

노는 즐거움도 때가 있으니
어찌 내일까지 기다릴 수 있으랴.

어리석은 자 노는 비용을 아까워하니
이 모두 세상의 웃음거리 될 뿐.

신선인 왕자교 같은 이가 있다지만
그처럼 사는 것 기대하긴 어렵다네.

사람이 기껏 살아봤자 백 년을 살기 어려운데, 천 년 후의 일까지 근심하니 어리석구나. 낮은 짧고 밤은 길어 괴로우니 촛불 밝혀 놀지 않을 수 없구나. 노는 일도 다 때가 있는 법. 지금 놀지 않고 어찌 내일까지 기다릴 수 있으랴. 노는 일에 드는 비용을 아까워한다면 이는 세상의 비웃음거리가 될 뿐. 놀다 신선이 되었다는 왕자교 같은 이도 있지만, 우리 같은 평범한 사람이야 그렇게 오래 살길 바랄 수는 없으리.

이 시를 액면 그대로 보면 "노세. 젊어서 놀아" 하는 것 같다. 그러나 그 이면에는 인간의 생명은 덧없으니 기회가 있을 때 청춘의 환희를 추구해보자는 시상이 깔려 있다.

한 구절

생년불만백 生年不滿百(인데)

상회천세우 常懷千歲憂(라)

백 년도 채 못 사는데

늘 천 년의 시름 품고 있구려.

달빛 아래 홀로 술을 마시며 (월하독작 月下獨酌)

이백

꽃 아래 술 한 병을 놓고
친한 이 없이 홀로 마신다.

잔을 들어 밝은 달 맞으니
그림자까지 세 사람이 되었다.

달은 본래 술 마실 줄 모르고
그림자는 그저 내 몸을 따를 뿐.

잠시 달과 그림자를 벗하여
봄철 한때를 마음껏 즐긴다.

내가 노래하면 달은 서성이고
내가 춤을 추면 그림자가 어지럽다.

깨어 있을 땐 서로 어울려 놀지만
취한 후에는 제각기 흩어진다.

오래 얽힘이 없는 교유를 맺어
아득히 은하수를 사이에 두고 만나자.

해설과 감상

꽃이 만발한 나무 밑에서 술병을 놓고 혼자 마신다. 밝은 달이 떠올라 '달과 나와 그림자'가 서로 어우러져 술자리에 제법 흥이 오른다. 달은 본래 술을 못하고, 그림자는 나를 따라 할 뿐이지만 그럼 또 어떤가. 내 오늘같이 좋은 봄날에 달과 그림자를 벗하여 즐겨보리라. 내가 노래하니 달이 내 곁을 서성이고, 내가 춤을 추니 그림자가 우쭐거린다. 술에 취하기 전엔 달과 나와 그림자가 서로 어울려 즐겁지만, 술에 취해 잠이 들면 제각기 흩어진다. 그러니 우리 인정에 얽히지 말고, 아득히 은하수를 사이에 두고 다시 만나자.

이백의 풍모를 엿볼 수 있는 시다. 진정한 사귐은 '무정유,' 곧 이해나 감정이 얽히지 않은 담담한 교유다. 꽃이 핀 봄날에 "홀로" 달과 그림자를 벗하여 술을 마시며 풍류를 즐기는 이백이 아니면 쓸 수 없는 시다.

한 구절

영 결 무 정 유 永結無情遊(하여)

상 기 막 운 한 相期邈雲漢(이라)

오래 얽힘이 없는 교유를 맺어

아득히 은하수를 사이에 두고 만나자.

흔히 '이태백'이라고 한다. 두보와 더불어 중국 당나라의 대시인이다. 그의 시는 거칠 것 없는 자유분방함과 천재적 시풍에 도가적 풍모가 깃들어 있어 사람들은 그를 '시선' '적선'(인간 세계로 귀양 온 시선)이라고도 했다.

잡시 雜詩 — 첫번째 시

도연명

인생이란 뿌리도 꼭지도 없어서
길가의 먼지처럼 흩날린다.

이리저리 흩어져 바람 따라 날리니
이 몸마저 불변의 것이 아니다.

땅에 나면 모두가 형제이니
어찌 피를 나눈 혈육만 사랑하랴.

기쁜 일 있으면 마땅히 즐기고
말술이 생기면 이웃을 불러 모은다.

인생에 젊은 시절은 다시 오지 않고
하루에 새벽은 두 번 오기 어렵다.

제때에 마땅히 힘써 노력하기를
세월은 사람을 기다리지 않는다.

이 시는 도연명의 「잡시」 12수 중 첫째 편이다. 「잡시」는 '이런 저런 생각을 읊은 시'로, 도연명은 열두 편의 연작시에 술과 전원 생활과 인생사에 대한 여러 생각을 담았다.

인생엔 뿌리와 꼭지가 없다. 뿌리와 꼭지는 불변의 고정된 것인데, 그것이 없으니 길가의 먼지처럼 바람 따라 구를 뿐이다. 인생이 그러니 내 몸도 그러하다. 항상 있는, 불변의 것이 없다. 그렇게 본다면 어찌 피를 나눈 혈육만 형제겠는가. 땅에 난 것 모두가 형제다. 그러니 기쁜 일이 있으면 모두 불러 함께 술을 마신다.

이렇게 모든 사람과 형제의 정으로 살지만 늘 놀기만 해서는 안 된다. 인생에 젊은 시절은 두 번 다시 오지 않고, 하루에도 새벽은 두 번 오지 않는다. 세월은 덧없이 흐를 뿐 사람을 기다려주지 않으니, 좋은 때를 만나면 헛되이 보내지 말고 자기가 해야 할 일을 열심히 해야 한다.

한 구절

성년부중래 盛年不重來(하니)

일일난재신 一日難再晨(이라)

급시당면려 及時當勉勵(하라)

세월부대인 歲月不待人(이라)

인생에 젊은 시절은 다시 오지 않고
하루에 새벽은 두 번 오기 어렵다.
제때에 마땅히 힘써 노력하기를
세월은 사람을 기다리지 않는다.

중국 육조시대 동진東晉의 대시인. 본명은 도잠. 호는 오류선생. 어려
서부터 학문을 좋아하여 시문에 뛰어났으며, 전원시인으로도 불린
다.「귀거래사」라는 유명한 사辭를 남겼다.

자식을 꾸짖다 (책자責子)

도연명

백발이 양쪽 귀밑을 뒤덮고
살갗도 이제 실하지 못하다.

아들이 다섯이나 되지만
모두 종이와 붓을 좋아하지 않는다.

큰아들 서는 벌써 열여섯이지만
게으르기 짝이 없고

둘째 아들 선은 곧 열다섯이 되는데
공부하기 싫어한다.

옹과 단은 다 같이 열셋인데
육六과 칠七을 구분할 줄 모른다.

막내 통은 아홉 살이 다 됐지만
배와 밤만 찾는다.

자식 운이 이리 없으니
에라, 술이나 마실 수밖에.

해설과 감상

　도연명은 이백과 두보가 나기 전 중국을 대표하는 대시인이다. 그런 그에게 아들 다섯이 있었는데, 모두가 공부하기를 싫어하고 재주가 변변치 못했다. 그러니 도연명이 얼마나 걱정했겠는가? 이 시는 그러한 자식들을 꾸짖고, "자식 운"이 없음을 탄식한 시다.

　나는 이미 늙어 백발이 양쪽 귀를 뒤덮고 피부도 예전 같지 않아 주름이 늘어간다. 나에게는 다섯 아들이 있는데, 모두 문장 수련하는 일에 관심이 없다. 큰놈은 너무 게으르고, 둘째 놈은 공자님이 말씀하신 학문에 뜻을 둘 나이〔志學〕인데도 공부에 관심이 없다. 또 셋째, 넷째는 열세 살인데도 6과 7을 구분하지 못할 만큼 어리석다. 막내 놈은 배나 밤 같은 먹을 것만 찾을 뿐이다. 자식들이 모두 이러하니 무슨 즐거움이 있겠는가. 에라, 모르겠다. 이것저것 다 잊고 술이나 마셔야겠다.

　영명한 도연명에게 자식의 아둔함은 견디기 어려운 일이었을 것이다. 그러나 어쩌랴. 사람 사는 일이 뜻대로 되지 않음을! 불초한 자식을 꾸짖고 탄식해봐도 소용없는 일인 것을.

　이 시를 읽으며, "무는 호랑이 뿔 있으랴"라는 우리 속담이 떠오른다. 날카로운 이빨과 발톱을 가진 호랑이가 날개까지 있다면 어찌 되겠는가. 그러잖아도 영명한 도연명이 자식까지 영특하다면? 이는 어쩌면 불공평한 처사가 아닐 수 없다. 호랑이에게 날개를 달아주지 않은 것처럼, 조물주는 도연명에게 똑똑한 자식을 주지 않았다. 우주 만물의 공평함을 기하기 위해.

한 구절

천운구여차 天運苟如此 (하니)
차진배중물 且進盃中物 (이라)

자식 운이 이리 없으니
에라, 술이나 마실 수밖에.

도연명(365~427)

중국 육조시대 동진東晉의 대시인. 본명은 도잠. 호는 오류선생. 어려서부터 학문을 좋아하여 시문에 뛰어났으며, 전원시인으로도 불린다. 「귀거래사」라는 유명한 사辭를 남겼다.

고시 古詩

작자 미상

가고 또 가셨으니
그대와는 생이별.

서로 만여 리 떨어져 있어
각자 다른 하늘의 한쪽 끝에 있다.

길 험하고 머니
어찌 만날 날 기약하리.

호마는 북풍을 그리워하고
월나라 새는 남쪽 가지에 깃들인다.

서로 헤어져 날로 멀어지니
허리띠 갈수록 느슨해진다.

뜬구름 밝은 해를 가렸으니
떠난 그대 돌아올 생각 않아.

그대 생각에 이 몸 늙어가고
세월은 홀연히 해가 저문다.

버림받음을 다시 말하지 않으리니
식사 잘 하고 몸조심이나 하시게나.

해설과 감상

이 시에는 길 떠나 돌아오지 않는 남편을 그리워하는 아내의 마음이 여실하게 나타나 있다.

남편은 집을 떠나 돌아오지 않는다. 이렇게 살아서 한 이별이 더 괴롭다. 그대와 나는 일만여 리 떨어져 서로 다른 하늘 끝에 있다. 이렇게 길이 멀고 험하니 만남을 기약할 수 없다. 북쪽에서 온 호마(오랑캐 말)는 북풍을 그리워하고, 남쪽 월나라 새는 남쪽으로 뻗은 가지에 둥지를 트는 법. 짐승들도 이렇게 고향을 잊지 않고 그리워하는데, 하물며 인간임에야.

그대와 이별한 지 오래되어 그대를 그리워하느라 몸이 야위어 허리띠가 갈수록 헐거워진다. 그런데도 그대는 돌아올 생각조차 하지 않는다. 그대를 사모함에 이 몸은 자꾸 늙어가고 다시 또 홀연히 해가 저문다. 나, 이제 당신에게 버림받을지라도 원망하지 않겠으니, 부디 식사나 잘 하고 몸조심이나 하셨으면.

한 구절

호마의 북풍 胡馬依北風(하고)

월조소남지 越鳥巢南枝(라)

호마는 북풍을 그리워하고
월나라 새는 남쪽 가지에 깃들인다.

꿈에 이백을 보다 (몽이백이수 夢李白二首)
두보

①

사별은 울음조차 삼키게 하고
생이별은 언제나 마음 쓰리다.

강남은 열병과 피부병이 많은 곳
쫓겨 간 그대 소식조차 없다.

그대가 꿈에 나타난 것은
분명 서로가 그리워하기 때문.

평소 그대 모습 아닌 것 같지만
길이 멀어 무슨 일인지 헤아릴 수 없다.

꿈에 그대가 올 땐 단풍나무 숲 푸르렀는데
그대 갈 땐 국경의 관문 깜깜하였다.

지금 그대는 유배된 몸일 텐데
어떻게 날개 얻어 꿈에 나타났는지.

지는 달이 들보를 환히 비추니
아직도 그대 얼굴 보는 듯.

물 깊고 물결 크게 출렁이니
아무쪼록 날뛰는 이무기를 조심하시길.

②

구름은 하루 종일 떠 흘러가고
길 떠난 그대 오래도록 오지 않는다.

사흘 밤 계속 그대 꿈을 꾸니
그대의 정이 두터움을 알겠다.

꿈에서 돌아갈 땐 두려워 움츠린 모양으로
여기까지 오기가 쉽지 않았다고 한다.

강호에 풍파가 많으니
그대가 배의 노를 떨어뜨릴까 나는 두렵다.

그대가 문을 나설 때 흰머리를 긁으며
평생의 뜻에 매우 어긋난다고 중얼거리더라.

고관대작이 서울에 가득한데
그대 홀로 초췌하다.

누가 하늘의 그물이 성글다 했는가
그대 늙은 몸이 오히려 옥에 갇혔으니.

천만년 후까지 그대 이름 세상에 남겠지만
죽고 나면 허무하기만 하리.

해설과 감상

이 시를 쓴 배경을 알고 나면 시를 이해하는 데 도움이 된다.
두보는 744년 처음으로 이백을 알게 되었다. 둘은 적지 않은 나
이 차에도 불구하고 의기투합하여 돈독한 우정을 쌓았다. 이백은
757년 안녹산의 난 때 스스로 황제가 되려고 한 영왕 이린의 역모
사건에 휘말려 사형을 선고받았으나, 감형되어 야랑으로 유배되
어 가던 중에 사면받아 풀려났다. 그러나 두보는 이 사실을 모르
고, 이백이 야랑에 유배되어 있는 줄만 알고 이 시를 썼다. 그러니
까 시 ①은 두보가 친구 이백의 신상을 염려하여 쓴 것이고, 시 ②
는 ①에 이어 두 사람의 두터운 정분과 이백이 겪는 불행을 조금이

74

라도 덜어주고 싶다는 마음을 드러낸 것이다.

①

　인생에서 사별은 너무나 슬픈 일이어서 흐느낌조차 나오지 않
는다. 그러나 생이별도 그에 못지않게 마음 쓰리긴 마찬가지다. 그
대(이백)는 열병과 피부병이 많은 강남땅으로 유배되어, 한번 간
후 소식조차 없구나. 그러던 어느 날 밤 꿈에 그대가 나타났으니,
이는 우리 둘이 서로를 생각하는 정이 깊음을 증명하는 것이다. 그
대는 지금 유배지에 있을 텐데 어떻게 날개를 얻어 여기까지 왔는
가. 그대가 떠나고 꿈에서 깨니 달빛이 집 안을 훤히 비춰 꿈속의
그대를 마주 보는 듯하다. 물이 깊고 물결이 드높으니 그대 아무쪼
록 몸조심하여 악인들에게 해를 당하지 말기를.

②

　한번 흘러간 구름은 다시 오지 않듯, 길 떠난 그대도 돌아오지
않는다. 사흘 밤 계속 그대가 꿈에 나타나니 그 두터운 정분을 알
겠구나. 꿈속에서 돌아갈 때 그대는 늘 두려운 표정으로 여기까지
오기가 쉽지 않았다고 했다. 그대가 돌아가는 길 풍파가 거칠 텐데
혹 가다가 배의 노를 잃을까 걱정이다. 꿈에서 사라지면서 그대는
그대의 형편이 처음 마음먹었던 것과는 너무 다르다고 중얼거렸
다. 서울엔 그 잘난 고관대작들도 많은데, 어찌 그대 홀로 이리 초
췌한가. 그대와 같은 늙은 몸이 옥에 갇혔는데, 하늘의 그물이 넓

고 성기다고 누가 말했나? 비록 천추만대에 그대 이름 드날리겠지만 죽고 나면 무엇하겠는가, 허무하기나 할 뿐.

한 구절

천추만세명 千秋萬歲名(이라도)
적막신후사 寂寞身後事(라)

천만년 후까지 그대 이름 세상에 남겠지만
죽고 나면 허무하기만 하리.

두보(712~770)

중국 당나라 때의 시인. 이백과 함께 중국 최고의 시인으로 시성이라 불린다. 소년 시절부터 시를 잘 지었으나 과거에는 급제하지 못해 각지를 방랑하며 지냈고, 그 과정에서 이백·고적 등과 교유하였다. 그의 시에는 사회 부정에 대한 격렬한 분노와 인간에 대한 한결같은 애정과 성의가 잘 나타나 있다.

석호촌 관리 (석호리 石壕吏)

두보

날 저물어 석호촌에 묵는데
관리가 한밤중에 사람 잡으러 왔다.

늙은 영감은 담 넘어 도망가고
할머니가 문밖에서 관리를 맞는다.

관리의 호통 어찌 저리 거세며
할머니 울음소리 어찌 저리 가련한가.

할머니 울며 하는 말 가만 들으니,

"세 아들이 업성에서 수자리 살지요.
한 자식이 인편에 편지를 보냈는데
두 애가 며칠 전 전사했다 하오.
산 사람은 또 어떻게든 살아가겠지만
죽은 자는 영영 그만이랍니다.
이제 집안에 사람은 없고
있는 거라고는 젖먹이 손자뿐이오.

손자가 있어 그 어미도 떠나지 못했으나
외출할 때 입을 치마 하나 없답니다.
늙은 이 몸이 기력은 다했지만
나리 따라 이 밤에라도 가오리다.
급히 하양 땅 싸움터에 이를 수 있다면
그래도 새벽밥은 해 드릴 수 있겠지요.”

밤이 깊어 말소리도 끊겼는데
들리는 듯 흐느껴 우는 소리.

날이 새어 가던 길 가려는데
홀로 할아버지하고만 작별하게 되었다.

해설과 감상

이 시는 두보의 대표적인 사회 시로 이른바 ‘삼리’(세 관리), ‘삼
별’(세 이별) 중 하나다. 755년 안녹산이 난을 일으켰다. 두보는 이
전쟁통에 각지를 전전하며 백성의 참상을 눈으로 보고, 여기서 보
고 느낀 사실과 비탄을 시로 썼다. 이 시는 그러한 두보의 사회 시
중 대표작이다.

이 시는 날이 저물어 석호촌에 투숙한 두보가 하양의 부역을 위

해 관리가 밤에 사람을 잡아가는 광경을 목격하고, 그 집 할머니의 말을 빌려 시로 쓴 것이다. 한집에 아들 셋이 있는데 그중 둘은 이미 전사했고, 이제 늙은 할아범마저 잡아가려고 한다. 할아버지는 담을 넘어 도망가고 집에 사람이라곤 젖먹이 손자 하나다. 며느리는 입을 옷이 없어 가지 못하니 늙은 할멈인 내가 대신 가겠다는 애절한 사연을 듣고, 할머니의 흐느낌에 잠 못 이룬 두보가 다음 날 떠날 때 (할머니는 관리에게 끌려가) 홀로 남은 할아버지와 작별한다는 내용이다.

한 구절

노옹유장주 老翁踰墻走(하고)
노부출문간 老婦出門看(이라)

늙은 영감은 담 넘어 도망가고
할머니가 문밖에서 관리를 맞는다.

두보(712~770)

중국 당나라 때의 시인. 이백과 함께 중국 최고의 시인으로 시성이라 불린다. 소년 시절부터 시를 잘 지었으나 과거에는 급제하지 못해 각지를 방랑하며 지냈고, 그 과정에서 이백·고적 등과 교유하였다. 그의 시에는 사회 부정에 대한 격렬한 분노와 인간에 대한 한결같은 애정과 성의가 잘 나타나 있다.

두보의 '삼리三吏 삼별三別'

두보는 평생 가난과 질병에 시달렸고, 사회의 대혼란을 몸으로 체험하며 피어린 백성의 고난과 삶을 시로 썼다. 따라서 두보의 시에는 전란에 피폐해진 백성의 고통과 부패한 사회에 대한 격렬한 분노 그리고 인간애가 표출되며, 만년에는 절망과 우수가 주된 정조를 이룬다.

"남을 놀래주지 못하면 죽어도 쉬지 않겠다"라는 말을 남길 정도로 시 쓰기에 혼신의 힘을 다한 두보는 성숙한 기교와 순수한 시 정신을 회복하여 중국 시사에 한 획을 그었고, 안녹산의 난 이후 낭만주의가 쇠락하고 현실주의(리얼리즘)가 성숙해지던 시기에 최고의 시적 성과를 성취한 시인이다.

두보는 생전에 1,400여 편의 많은 작품을 남겼는데, 그 가운데 '삼리 삼별'은 758년 좌천되어 낙양(뤄양)에서 화주(화저우)로 가던 중에 쓴 것이다. '삼리 삼별'은 두보의 사회 시 중 대표적인 작품으로, 언어의 사용이나 표현이 민중의 생활상과 그 당시 전쟁의 참화를 뛰어나게 묘사한 걸작이다.

'삼리 삼별' 중 삼리는 「석호리」 「신안리」 「동관리」로, 마을 관리들의 현장을 묘사했다. 두보는 이 시들을 통해 무차별한 징병과 훈련, 전쟁의 참상, 그로 인해 해체된 가족의 비극과 부조리한 사회

상을 고발하며 관리들에게 경고한다.

　삼별은 「신혼별」 「무가별」 「수노별」을 말한다. 「신혼별」은 신혼 다음 날 남편을 전쟁터로 보내야 하는 아내의 슬픈 이별을 묘사했고, 「무가별」은 전란 중 출정했던 병사가 패전으로 낙오되어 돌아와보니 고향집이 파괴되어 가족은 뿔뿔이 흩어졌고 어머니의 장례마저 치르지 못한 불효를 묘사했으며, 「수노별」은 전쟁 중 노인까지 징집하여 전장에 출정하느라 늙은 아내와 생이별하는 슬픔을 묘사했다.

　이같이 두보의 시에는 당시 사회상이 가감 없이 드러나며, 전쟁으로 인한 백성의 참담한 아픔이 사실적인 필치로 묘사되어 있다.

산속에서 속인에게 답하다(산중답속인 山中答俗人)

이백

무슨 일로 푸른 산에서 사느냐고 묻기에

웃을 뿐, 대답하지 않으니 마음이 한가하다.

흐르는 물에 복숭아꽃 아득히 떠가니

이곳은 인간 세상이 아닌 별천지라네.

해설과 감상

여러 책에 이 시의 제목이 '산중문답 山中問答'으로 되어 있기도 하다. 산속에서 묻고 답한다는 뜻이다. 산속에서 사는 즐거움을 자문자답 형식으로 드러내고 있다. 이 책에서는 '산중답속인'으로 제목을 취하여 글을 실었다.

어떤 이가 이백에게 왜 산에서 사느냐고 묻는다. 나는 단지 웃을 뿐, 대답하지 않는다. 그런데도 마음은 고요하고 한가하다. 흐르는 물에 복숭아꽃이 떠가니, 이곳이 바로 별천지가 아닌가.

“별천지”는 도연명의 「도화원기」에 나오는 ‘무릉도원’과 같은 말이다. 중국 후난성의 한 어부가 발견했다는 상상 속 선경仙境으로 복숭아꽃이 만발한 낙원이다. ‘이상향’을 비유하는 말로 흔히 쓰이는데, 이백은 자신이 머무는 산속이 곧 별천지라는 것이다.

이 시는 묻고 답하는 형식을 빌려 ‘심자한心自閑’(마음이 한가함)의 경지를 보여주고 있다.

한 구절

도화유수묘연거桃花流水杳然去(하니)
별유천지비인간別有天地非人間(이라)
흐르는 물에 복숭아꽃 아득히 떠가니
이곳은 인간 세상이 아닌 별천지라네.

이백(701~762)

흔히 ‘이태백’이라고 한다. 두보와 더불어 중국 당나라의 대시인이다. 그의 시는 거칠 것 없는 자유분방함과 천재적 시풍에 도가적 풍모가 깃들어 있어 사람들은 그를 ‘시선’ ‘적선’(인간 세계로 귀양 온 시선)이라고도 했다.

산에서 대작하다(산중대작 山中對酌)

이백

둘이 앉아 술 마시는데
산에 꽃들 활짝 피어

한 잔 한 잔 또 한 잔
서로 주고받는다.

나는 취해 자고 싶으니
그대 일단 돌아갔다가,

내일 아침 생각 있거든
거문고 안고 다시 오시게.

해설과 감상

속세를 떠나 산에 숨어 사는 친구가 있다. 그가 찾아와 술을 마시는데 때는 바야흐로 봄, 산에 꽃들이 만발했다. 한 잔 또 한 잔 하다 보니 어느새 취해 자고 싶다. 그러니 그대는 갔다가 내일도 한 잔 더 하고 싶으면 거문고를 안고 다시 오라.

이렇게 흥취에 따라 술을 마시고, 세속적인 체면이나 예절 따위에 구애받지 않으면서 완전히 자유로운 경지를 즐기는 것을 '망형의 교제'라고 한다. 형식을 잊은 교제라는 뜻이다. 시에 나오는 '두 사람'은 산에 숨어 사는 은자를 말한다. 술과 거문고만 있으면 다른 것은 다 필요 없는 그들의 흔쾌한 풍류를 느껴볼 수 있는 시다.

한 구절

양인대작산화개 兩人對酌山花開(하니)
일배일배부일배 一杯一杯復一杯(라)

둘이 앉아 술 마시는데 산에 꽃들 활짝 피어
한 잔 한 잔 또 한 잔 서로 주고받는다.

이백(701~762)

흔히 '이태백'이라고 한다. 두보와 더불어 중국 당나라의 대시인이다. 그의 시는 거칠 것 없는 자유분방함과 천재적 시풍에 도가적 풍모가 깃들어 있어 사람들은 그를 '시선' '적선'(인간 세계로 귀양 온 시선)이라고도 했다.

금릉의 봉황대에 올라 (등금릉봉황대 登金陵鳳凰臺)

이백

그 옛날 봉황대 위에 봉황이 놀았거늘
봉황은 간데없고 빈 대臺 앞에 강물만 흐른다.

오나라 궁전의 화초는 오솔길에 묻히고
진나라 귀인들도 오래전 무덤에 묻혔다.

삼산은 푸른 하늘 위 반쯤 솟아 있고
두 줄기 강물 백로주에서 갈라진다.

뜬구름이 온통 해를 가리니
장안이 보이지 않아 시름에 잠긴다.

해설과 감상

이 시는 이백이 당시 황제 현종에게 배척받아 여기저기 유랑하던 중 금릉에 있는 봉황대에 올라 지은 시다. 봉황대는 남조南朝의 송나라 왕의王顗가 금릉에 봉황이 모여 노는 것을 보고 지었다는 누각이다. 이백은 봉황대에 오르기 전 무창(후베이성 우창)에 있는 황학루(황허루)에 오른 적이 있는데, 그곳에서 최호가 지은 「등황학루」라는 시를 보고 감탄했다. 후에 금릉의 봉황대에 올라 이 시를 짓고 나서 최호의 「등황학루」와 비교해보았다고 한다.

옛날 봉황대 위에 봉황이 놀았다고 하는데, 지금 봉황은 간곳없고 빈 대 앞에 강물만 흐른다. 삼국시대 오나라 초대 황제 손권의 궁궐 뜰에서 자라던 아름다운 화초도, 진나라 때의 귀인들도 모두 사라지고 없다. 멀리 삼산*이 푸른 하늘 저편 구름을 뚫고 솟아 있고, 두 줄기 강물이 백로주에서 갈라진다. 아, 뜬구름(간신)이 해(천자)를 가리니 왕조의 운명이 심히 걱정되는구나.

한 구절

총위부운능폐일 總爲浮雲能蔽日(하니)
장안불견사인수 長安不見使人愁(라)
뜬구름이 온통 해를 가리니
장안이 보이지 않아 시름에 잠긴다.

* 중국 전설에 나오는 봉래산, 방장산, 영주산을 통틀어 이름.

흔히 '이태백'이라고 한다. 두보와 더불어 중국 당나라의 대시인이다. 그의 시는 거칠 것 없는 자유분방함과 천재적 시풍에 도가적 풍모가 깃들어 있어 사람들은 그를 '시선' '적선'(인간 세계로 귀양 온 시선)이라고도 했다.

　이 시는 앞서 말한 대로 최호의 「등황학루」를 본 뒤에 지었기 때문에 그 형식이나 정조가 매우 비슷하다. 최호의 시를 보자.

황학루에 올라(등황학루登黃鶴樓)

최호

옛사람이 이미 황학을 타고 가버렸으니
황학은 없고 이곳에 황학루만 남았네.

[어떤 선비가 타고 떠났다는 학]

한번 간 황학은 다시 돌아오지 않고
천년 세월 흰 구름만 유유히 흘러간다.

맑은 냇물 저편 한양 거리의 나무들 뚜렷하고
앵무주엔 봄풀만 무성하다.

[강 가운데 있는 '앵무'라는 이름의 모래섬]

날은 저무는데 돌아갈 고향 어디인가
안개 서린 강 물결에 시름 젖네.

　최호의 시에 비해 이백의 시가 어구 표현이 화려하고 시국에 대한 걱정이 직접적으로 드러나 있음을 알 수 있다. 최호의 시는 황학루의 전설과 주변 경관 그리고 개인의 정회를 드러낸 반면, 이백의 시는 오나라와 진나라의 풍류를 추억하고 삼산과 이수의 풍경을 묘사하면서 간신들에게 둘러싸인 천자를 걱정하는 것으로 끝난다.

술잔을 들고 달에게 묻다(파주문월 把酒問月)

이백

푸른 하늘에 달 있은 지 얼마나 되었나
나 지금 술잔을 놓고 한번 물어본다.

사람은 달에 가려 해도 갈 수 없으나
달은 사람을 어디든 따라온다.

밝기는 높은 하늘의 거울〔月〕이 높은 다락을 비추는 듯하고
밤안개 사라지니 맑은 빛을 발한다.

지난밤 바다 위로 떠오르는 걸 보았건만
새벽녘 구름 사이로 짐을 어찌 알았겠나

옥토끼는 봄가을로 약을 찧고
항아는 홀로 살며 누구와 이웃할까.

지금 사람은 옛날의 달을 보지 못했으나
지금 달은 일찍이 옛사람을 비추었으니
달을 보는 그 마음 모두 이와 같았으리.

오직 바라노니, 술잔 들고 노래할 때
달아, 금빛 술통 속을 오래오래 비추어주렴.

해설과 감상

이백은 술의 시인이다. 술을 빼놓고 그의 시를 말할 수 없다. 어떤 술인가? 인생에서 영원히 사라지지 않는 슬픔 때문에 마시는 술이다. 슬픔이 있어 술을 마시고, 술을 마시면서 시를 쓴다. 그는 슬픔을 그의 시 밑바탕에 깔아놓지만, 그로 인해 시상이 위축되지 않는다. 호방하고, 억양이 있고, 격조가 높다.

이 시에서의 슬픔은 달은 무한한데 인생은 유한하여, 인생무상에서 오는 어찌할 수 없는 슬픔이다. 지금 사람들은 옛날의 달을 보지 못했지만, 저 달은 옛사람들을 비추었을 것이다. 달은 천공(하늘)에 변함없이 떠 있건만, 사람은 마치 흐르는 물처럼 한번 가면 다시 오지 않는다. 그러니 옛사람이나 지금 사람이나 달을 보는 마음은 다 같았을 것이다. 그건 그렇고, 지금 내가 달빛 아래 술을 마시니 달아, 오래도록 금빛 술통 속을 비추어다오.

한 구절

금인불견고시월 今人不見古時月(이나)

금월증경조고인 今月曾經照古人(이라)

지금 사람은 옛날의 달을 보지 못했으나

지금 달은 일찍이 옛사람을 비추었으니

이백(701~762)

흔히 '이태백'이라고 한다. 두보와 더불어 중국 당나라의 대시인이다. 그의 시는 거칠 것 없는 자유분방함과 천재적 시풍에 도가적 풍모가 깃들어 있어 사람들은 그를 '시선' '적선'(인간 세계로 귀양 온 시선)이라고도 했다.

소년행 少年行

왕유

신풍의 좋은 술 한 말에 만 전

함양의 한량 중에는 소년이 많다.

서로 만나 의기투합, 상대를 위해 술 마시느라

말은 높은 누각 앞 수양버들에 매어둔다.

해설과 감상

신풍은 한나라를 세운 유방이 늙어 고향인 풍으로 돌아가겠다고 하자, 풍과 비슷한 거리를 장안에 만들고 백성을 옮겨 살게 하여 생긴 곳이다. 그곳의 좋은 술은 한 말에 일만 전이나 하는 비싼 술이다.

서울인 함양(센양)의 한량 중에는 소년이 많은데, 만나면 의기가 맞아 서로 권하며 비싼 술을 마음껏 마신다. 그들이 타고 온 말이 번화한 길거리 높은 누각 앞 수양버들에 매여 있다. 아마도 함

94

양의 소년으로, 이 신풍의 술을 마시면 호쾌한 기상이 하늘을 찔렀을 것이다.

한 구절

상봉의기위군음 相逢意氣爲君飮(하니)
계마고루수류변 繫馬高樓垂柳邊(이라)

서로 만나 의기투합, 상대를 위해 술 마시느라
말은 높은 누각 앞 수양버들에 매어둔다.

왕유(699~761)

중국 당나라 때의 시인. "시 속에 그림이 들어 있다"라는 평가를 받으며, '시불'(시의 부처님)이라는 칭호를 얻은 자연 시인이다. 시, 음악, 그림에 뛰어난 재주를 보였다. 남종화의 시조로 알려져 있다.

강가에서 슬퍼하다(애강두哀江頭)

두보

소릉의 늙은이 소리 죽여 울면서
봄날 곡강의 물가를 남몰래 걷고 있다.

강 언덕 궁전의 문은 모두 잠겼는데
실버들 새 부들은 누굴 위해 푸른가.

옛날 천자의 깃발이 남원에 납시면
뜰 안 만물은 생기를 발했었지.

소양전의 천하절색 양귀비가
천자의 수레에 함께 타고 와 천자를 모셨었지.

수레 앞 재인들은 활과 화살을 들었고
흰말은 황금빛 재갈을 입에 물고 있었지.

몸 젖혀 하늘 향해 구름을 쏘면
살 한 대에 두 마리 새 바로 맞혀 떨구었지.

눈 곱고 이가 흰 그대는 지금 어디 있는가.
피가 떠도는 혼을 더럽혀 돌아갈 곳 없으리.

맑은 위수 동으로 흐르고 검각관 계곡은 깊기만 한데
떠난 사람 머문 사람 모두 소식이 없다.

인간은 본디 정이 있어 눈물이 가슴을 적시는데
강물과 강 꽃이야 어찌 다하는 날 있으리.

황혼 녘 오랑캐 기마병으로 온 성에 흙먼지 가득하니
성城 남으로 가려다 남북조차 모르겠다.

해설과 감상

이 시는 장안의 소릉에 살고 있는 두보가 봄날 곡강 가에 나갔다
가, 전쟁(안녹산의 난) 때문에 황폐해진 서울의 번화했던 지난날을
생각하며 소리 죽여 울었다는 내용이다. 시 1~2연은 현재, 3~6연
은 안녹산의 난이 일어나기 전 과거, 7~10연은 다시 현재의 흐름
으로 되어 있다.

곡강 가의 궁전에 난리가 나 지금은 천자가 안 계시니 모든 문
이 잠겨 있다. 그런데 실버들 새 부들만 신록이 짙다. 주인 없는 동

산에 봄빛만 무르익은 것이다. 옛날 천자가 납실 땐 동산의 초목이 생기가 돌아 무척 아름다웠다. 양귀비까지 와 천자를 모셨다. 그 행차를 호위하는 재인들은 활과 화살을 들었고, 흰말은 황금빛 재갈을 물었지. 재인들이 하늘 향해 화살을 쏘면 살 하나에 두 마리 나는 새가 맞아 떨어졌다. 그러나 지금 눈이 곱고 이가 흰 양귀비는 어디에 있나. 마외파에서 비명에 죽어 피로 더럽혀진 혼이 갈 곳 없이 떠돌겠구나. 그런데도 마외파 부근의 위수(웨이수이강)는 동쪽으로 흐르고, 난을 피해 천자가 가 계신 검각관劍閣關 계곡은 깊기만 하니 떠난 사람(천자)과 여기 머무는 사람(양귀비)은 서로 소식이 끊겼다. 황혼에 오랑캐 기병의 말발굽으로 장안성에 먼지가 자욱이 일어나니, 마음이 하도 심란하여 방향감각을 잃어 성의 남쪽으로 가려다 남북의 방향조차 모르겠다.

이 시는 뒤에 나오는 백낙천의 「장한가」와 함께 당나라 현종과 양귀비의 사랑을 노래한 것으로, 당 왕조의 몰락을 슬퍼하여 지은 것이다.

한 구절

황혼호기 진만성黃昏胡騎塵滿城(하니)

욕왕성 남망남북欲往城南忘南北(이라)

황혼 녘 오랑캐 기마병으로 온 성에 흙먼지 가득하니

성 남으로 가려다 남북조차 모르겠다.

우미인초虞美人草

증공

홍문에서 깨진 옥두 눈처럼 흩어지더니
진나라 십만 항병 밤에 살육되어 피를 흘렸다.
함양의 아방궁이 석 달 동안 붉게 타올랐으니
패업의 꿈은 연기 따라 사라져버렸다.

모질고 강한 자는 반드시 죽고, 어질고 의로운 자가 왕이 되니
음릉에서 길 잃은 건 하늘의 뜻이 아니었다.
영웅은 본래 만인을 대적하는 병법을 배운다 했거늘
미인 하나 잃는다고 어찌 그리 슬퍼하였나.

삼군은 다 흩어지고 정기도 부러지니
옥장막 안의 가인은 앉은 채 수심으로 늙었다.
향기로운 혼 밤에 칼 빛 따라 날아가니
흘린 피 변하여 들녘의 풀이 되었다.

꽃다운 마음 쓸쓸히 작은 가지에 붙였으니
옛 노래 들려와 마치 눈썹 찡그리는 듯.
슬픔과 원망 속 수심에 잠겨 말 없는 것이

해설과 감상

시 제목 '우미인초'에서 우미인은 초나라 항우의 연인이었던 우미인을 말한다. 항우가 한나라 유방의 장군인 한신에게 쫓겨 오강(우장)에서 자결할 때, 우미인 역시 그 전날 밤 스스로 목숨을 끊었다. 그 후 그녀의 무덤에 풀이 돋아나 예쁜 꽃이 피었는데, 사람들이 그 풀을 보고 우미인초라고 했다.

이 시는 우미인을 주제로 항우가 유방에게 패할 수밖에 없었음을 논하고, 천하의 패권을 다투던 두 영웅도 세월이 흘러 모두 흙이 되었음을 노래하고 있다.

홍문의 잔치에서 유방을 죽이려다 놓친 것이 분하여 항우의 책사 범증이 옥으로 된 술잔을 칼로 내리쳤는데, 그것이 깨져 흩어지는 모양이 눈처럼 하얗구나. 이때부터 항우는 실패의 길을 걷는다. 항복한 진나라 병사 20만 명을 밤에 구덩이를 파고 생매장한다. 또

아방궁을 불태웠는데 그 불길이 석 달 동안 치솟았다. 이렇게 민심을 잃은 항우는 천하를 제패할 과업에서 멀어질 수밖에. 예부터 강하고 포악한 자는 반드시 사멸하고, 인의를 따르면 천하의 왕이 된다고 했다. 항우가 말년에 음릉*에서 패하여 길을 잃고 유방군에게 쫓길 때 한 농부에게 길을 물으니 그 농부가 일부러 길을 잘못 가르쳐주어 마침내 오강에서 최후를 맞은 것은, 그의 잔인한 성정에 민심이 등을 돌렸기 때문이지 하늘의 뜻이 아니었다. 본래 영웅은 만인을 대적할 병법을 익힌 사람인데, 어째서 미인 하나를 잃고 그리도 슬퍼했을까.

항우가 마지막 전투에서 패할 때 막강하던 삼군은 뿔뿔이 흩어지고 깃대는 부러지니, 구슬로 장식한 장막 안 우미인은 크나큰 근심에 앉은 채로 늙어버렸다. 그날 밤 자결하는 칼 빛에 향기로운 우미인의 혼은 날아가고, 그녀가 흘린 피는 들판의 한 포기 풀이 되었다. 그것을 사람들은 우미인초라고 한다.

우미인초. 그 풀의 가련한 모습은 항우가 오강 가에서 자결하기 직전 부른 옛 노래(「해하가」)를 듣고 눈썹을 찡그리는 것과 흡사하다. 또 슬픔과 원망 속 수심에 잠겨 말이 없는 것이, 우미인이 처음 초나라 노래를 들었을 때와 같다.

도도히 흐르는 물은 예나 지금이나 변함없는데, 천하를 다투던

---

* 안휘성(안후이성)에 있는 명산. 항우는 해하(하이허강)에서 패전하고 도망하다가 이곳에서 길을 잃고 자결하였다.

항우와 유방은 모두 언덕 위 한 줌 흙이 되었다. 그 당시 일들은 이미 아마득한 옛일로 허망하기만 하고, 술통 앞에 바람에 나부껴 춤을 추듯 흔들리는 우미인초는 누굴 위해 저렇게 춤을 추는 걸까.

한 구절

향혼야축검광비 香魂夜逐劍光飛(하니)
청혈화위원상초 靑血化爲原上草(라)

향기로운 혼 밤에 칼 빛 따라 날아가니
흘린 피 변하여 들판의 풀이 되었다.

> **증공(1019~1083)**
>
> 당송 팔대가 중 한 사람. 구양수에게 문재를 인정받아 진사에 급제하였다.

시의 4연 2행에 나오는 "옛 노래 들려와 마치 눈썹 찡그리는 듯"
이란 구절에서 '옛 노래'는, 항우가 우미인이 자결하고 오강 가에
서 한나라 군사들에게 포위되어 최후를 맞았을 때 불렀다는 노래
를 말한다. 이 노래를 「해하가垓下歌」라고 하는데, 내용은 다음과
같다.

역발산기개세

(힘은 산을 뽑고 기운은 세상을 덮는데)

시불리혜추불서

(때가 불리하여 오추마가 앞으로 나아가지 않는구나.)
항우가 타고 다닌 말

추불서혜가내하

(오추마가 나아가지 않으니 어찌할 수 있겠는가.)

우혜우혜내약하

(우미인이여. 우미인이여. 너를 어이한단 말이냐.)

　한편 우희(우미인)도 항우가 자결하기 전날 밤 시를 읊으며 자결했는데, 우리가 일상에서 많이 사용하는 사자성어 '사면초가四面楚歌'는 우희의 이 마지막 시에서 유래한 것이다.

　한병이략지

　(한나라 병사들이 이미 초나라 땅을 차지해서)

　사면초가성四面楚歌聲

　(사방에서 초나라의 노랫소리가 들려온다.)

　대왕의기진

　(대왕의 의기가 이미 다하였으니)

　천첩하료생

　(천한 이 몸 살아서 무엇 하리오.)

봄에 생각하다 (유소사 有所思)

송지문

낙양성 동쪽 복사꽃과 자두꽃
이리저리 날려 누구 집에 떨어지나?

깊숙한 규방 아씨 아름다운 낯빛으로
떨어지는 꽃 보고 길게 탄식한다.

올해 꽃 질 때 얼굴빛이 바뀌면
내년 꽃 필 때 누가 다시 있을까?

이미 소나무 잣나무도 잘려 땔나무 되는 것 보았고
뽕나무 밭이 변하여 바다 되었음도 들었다.

고인은 낙양성 동쪽으로 다시 돌아오지 않는데
지금 사람만이 꽃 지게 하는 바람 맞고 있다.

해가 가고 또 가도 꽃은 비슷하지만
해가 가고 또 가도 사람은 같지 않네.

한창때 얼굴 붉고 윤기 나는 젊은이들이여
모름지기 흰머리 늙은이를 가엽게 여기길.

이 늙은이 흰머리가 참 가엽게 보이겠지만
옛날에는 얼굴 붉은 미소년이었다네.

공자 왕손과 꽃 피는 나무 아래에서
맑은 노래 기묘한 춤을 추며 놀았지.

광록 지대 같은 곳에서 비단 자리 깔고 잔치도 베풀었으며
장군대 누각에 신선도를 그려 넣기도 하였다.

하루아침에 병이 나 누우면 알아주는 이 없고
석 달 봄 즐거운 놀이 누구 곁에 가 있겠는가.

젊고 아름다운 미인 언제까지 가겠는가
잠깐 만에 흰머리 실처럼 날린다네.
다만 보노니, 예부터 노래하고 춤추던 이곳
황혼 녘에 참새 같은 작은 새만 날고 있네.

'유소사'란 봄에 생각하고 느낀 바라는 뜻으로, 이 시에서는 인생의 무상함을 탄식하고 있다. 꽃 지는 봄과 살같이 지나가는 청춘을 아쉬워하는 처녀의 마음에 빗대어 백발의 늙은이가 지나간 자기 청춘을 회고하고 있다. 무상한 인생이 서러우니, 가는 봄이 또한 서럽다는 것이다.

낙양성 동쪽 봄이 무르익어 복사꽃, 자두꽃이 만발했구나. 바람에 흩날리는 저 꽃잎은 누구의 집에 떨어질까. 깊숙한 규방에 있는 처녀가 가는 봄과 함께 자기 얼굴이 시들지 않을까 걱정하며, 뜰 앞에 떨어진 꽃잎을 보고 한숨짓는다. 해마다 봄이 가면 사람의 얼굴도 쇠하여 변하는데, 내년 봄 다시 꽃이 필 때 전과 같이 건재할 사람 누가 있겠는가. 소나무와 잣나무가 베어져 장작이 되는 것을 보았고, 뽕나무 밭이 푸른 바다가 되었다는 소리도 들었다. 이 모두가 변하는 것의 덧없음, 변전 무상이 아니겠는가.

해마다 피는 꽃은 같지만, 그것을 보는 사람은 해마다 다르다. 그러니 홍안의 젊은이들이여, 이 몸같이 쇠약하고 반쯤 죽은 듯한 백발노인을 불쌍히 여겨달라. 이 노인도 지금은 불쌍해 보이지만 옛날 홍안의 미소년 시절엔 귀공자나 왕가의 자손들과 꽃 피는 나무 아래 맑은 노래와 멋진 춤을 추며 놀았고, 광록경의 연못 가운데 아담한 정자에 비단 자리를 깔고 잔치도 성대히 벌였다. 그뿐인가. 한나라 양기 장군이 누각에 신선 그림을 그려놓고 갖은 호강을 누렸듯이, 이 늙은이 또한 그렇게 호사스럽게 살았다.

그러는 사이 세월은 흘러 늙고 병이 드니 다정했던 옛 친구도 다 없어지고, 봄마다 즐기던 봄철 행락도 뉘 집에서 하는지 소식마저 끊겨버렸다. 젊고 아름다운 미인도 얼마 못 가 학의 깃털 같은 흰 머리 날리는 노인이 될 것이다. 옛날부터 노래와 춤으로 사람들이 즐거워하던 이 낙양성도 지금은 황혼 녘에 참새 같은 작은 새가 날아다닐 뿐, 인적마저 끊겨 그림자조차 보이지 않는구나.

한 구절

연년세세화상사年年歲歲花相似(에)

세세연년인부동歲歲年年人不同(이라)

해가 가고 또 가도 꽃은 비슷하지만

해가 가고 또 가도 사람은 같지 않네.

송지문(650~712)

중국 당나라 때의 시인.

봄날 계수나무의 문답(춘계문답 春桂問答)

왕유

봄 계수나무에게 묻노니
복사꽃 자두꽃은 꽃 피어 한창이고
봄빛은 가는 곳마다 가득한데
무슨 일로 그대는 꽃이 없는가.

계수나무가 답하길
봄꽃이 얼마나 오래가랴.
바람 서리에 흔들려 잎이 질 때
나 홀로 빼어남을 그대는 모르는가?

해설과 감상

공자는 "날씨가 추워진 뒤에야 소나무와 잣나무가 늦게 시듦을 안다 歲寒然後知松柏之後彫也"라고 하였다. 군자의 꼿꼿한 지조를 계수나무에 빗대어 읊은 말이라고 할 수 있는데, 이 시의 내용 역시 그러하다. 당나라 때의 사람인 왕유는 천생이 술을 좋아하고 일에 매이길 싫어하는 성품으로, 벼슬을 하다 말다 하다가 고향으로 낙

향해 농사지으며 평생을 무관으로 살았다.

이 시에는 왕유의 그 꼿꼿한 자질이 잘 나타나 있다. 계수나무는 계수나뭇과의 낙엽 활엽 교목으로 4~5월에 잎겨드랑이에 주황색의 잔꽃이 모여 피어나고, 초겨울에도 꽃과 향을 즐길 수 있어 정원수로 인기가 많다고 한다.

한 구절

풍상요락시 風霜搖落時 (할 때)

독수군지불 獨秀君知不 (아)

바람 서리에 흔들려 잎이 질 때

나 홀로 빼어남을 그대는 모르는가?

왕유(699~761)

중국 당나라 때의 시인. "시 속에 그림이 들어 있다"라는 평가를 받으며, '시불'(시의 부처님)이라는 칭호를 얻은 자연 시인이다. 시, 음악, 그림에 뛰어난 재주를 보였다. 남종화의 시조로 알려져 있다.

술을 권하다 (장진주 將進酒)

이백

그대는 보지 못하였는가.
하늘에서 내려온 황하의 물이
세차게 흘러 바다로 가 다시 돌아오지 않음을.

또 보지 못하였는가.
귀인이 거울 속 백발을 슬퍼함을
아침에는 푸른 실 같더니 저녁에는 눈같이 희네.

인생은 뜻대로 되어갈 때 마음껏 즐겨야 하느니
빈 황금 술잔을 공연히 달 앞에 놓지 마시게.

하늘이 내게 재주를 주셨으니 반드시 쓸모가 있고
천금의 재물도 흩어졌다 다시 돌아오느니.

양 삶고 소 잡아 한번 즐기려 하니
만나면 모름지기 한번에 삼백 잔은 마셔야 하네.

잠 선생, 단구 선생!

술잔 올리니 거절하지 마시길.
그대들에게 노래 한 곡 바치려니
청컨대 나를 위해 들어주시길.

부귀와 재물도 귀히 여길 일 없고
다만 언제나 취해 있길, 깨는 것 바라지 않네.

예부터 현인 달사는 죽어 모두 사라졌지만
오로지 술꾼들만 그 이름을 세상에 남겼다네.

진사왕은 옛날 평락관에서 잔치를 열어
한 말에 일만 금이나 되는 술을 마음껏 마셨지.

주인 되는 내가 어찌 돈이 없다 하리오.
오색 털의 말과 천금 가는 모피를
아이 불러 내보내, 좋은 술로 바꿔 와
그대와 함께 마셔 만고의 시름을 녹이리라.

해설과 감상

인생의 무상함에서 오는 시름을 술을 마심으로써 잊으려 한다는 내용이다. 시상이 흐르는 황하의 물결처럼 꿈틀대며 솟구친다. 종횡무진 자유분방하게 내달리는 화려한 시구는 이백의 시에서만 볼 수 있는 장쾌함이다.

그대는 하늘에서 쏟아져 내린 황하의 물이 바다로 흘러들어 다시 돌아오지 못함을 보지 못했는가. 또 그대는 높은 집에서 맑은 거울을 보고 자기의 백발을 슬퍼하는 귀인을 보지 못했는가. 그 머리도 아침에는 검푸른 실 같았는데, 어느새 저녁이 되어 눈처럼 하얗게 돼버렸다. 이같이 세월은 덧없고 인생은 무상하다. 그러니 모든 일이 자기 뜻대로 되어갈 때 마음껏 즐길 필요가 있다.

하늘이 우리에게 여러 재주를 주셨으니 언젠가는 반드시 쓸 데가 있다. 그런 것처럼 천금을 탕진할지라도 언젠가는 다시 돈이 생기게 마련이다. 그러니 양도 삶고 소도 잡아 한번 마시면 삼백 잔은 마실 만큼 즐겁게 마셔야 한다.

잠 선생, 단구 선생! 내 노래 하나 하려니 들어주시오. 종정 옥백과 같은 보물도 나에겐 귀한 것이 못 된다. 내가 바라는 것은 오직 하나, 언제나 취해서 깨어나지 않는 것이다. 현인 달사라는 사람들을 보라. 성현이라는 그들도 죽고 나면 이름조차 남기지 못하고 쓸쓸하게 사라졌다. 그러나 술을 잘 마신 사람은 후세까지 그 이름이 남아 있다.

위나라 진사왕 조식은 평락관에서 잔치를 벌여 술을 마실 때 한 말에 일만 금이나 하는 술을 마음껏 마셨다. 그러니 주인인 내가 돈이 없다고 하겠는가? 어떻게 해서든 술을 사 와 그대와 대작할 것이다. 심부름하는 아이에게 오색 털의 말과 천금에 팔리는 비싼 모피를 주어 좋은 술로 바꿔 오라 할 터이니, 그대와 나 함께 마셔 무상하기만 한 인생의 시름을 덜어나 보자.

한 구절

조여청사모여설朝如靑絲暮如雪(이라)

아침에는 푸른 실 같더니 저녁에는 눈같이 희네.

천생아재필유용天生我材必有用(이니)

천금산진환부래千金散盡還復來(라)

하늘이 내게 재주를 주셨으니 반드시 쓸모가 있고

천금의 재물도 흩어졌다 다시 돌아오느니.

이백(701~762)

흔히 '이태백'이라고 한다. 두보와 더불어 중국 당나라의 대시인이다. 그의 시는 거칠 것 없는 자유분방함과 천재적 시풍에 도가적 풍모가 깃들어 있어 사람들은 그를 '시선' '적선'(인간 세계로 귀양 온 시선)이라고도 했다.

술을 권하다 (장진주 將進酒)

이하

유리 술잔에 호박빛 술 진하고
술틀의 술 방울 진주처럼 붉다.

용을 삶고 봉황 구우니
구슬 같은 기름 지글지글 끓고
비단 휘장 수놓은 장막엔
가기 歌技와 무희 둘러싸여 있다.

용 피리 불고 악어가죽 북 치며
흰 이 드러내어 가기들 노래하고
가는 허리 무희들 춤춘다.

하물며 푸른 봄날도 저물려 하는데
복사꽃 어지럽게 지니 붉은 비 내리는 것 같구나.

권컨대 그대 하루 종일 술에 흠뻑 취하시길
유령도 무덤까지는 술을 가져가지 못했으니.

해설과 감상

앞의 시 「장진주」와 같은 제목의 시다. 이 시에서 눈여겨볼 것은 시어의 감각적 표현과 그로 인해 나타나는 시 전체의 청신함이다. 시의 내용은 술을 권하는 것으로 다른 시들과 크게 다르지 않다. 그러나 "유리 술잔" "호박빛 술" "술 방울 진주처럼 붉다" "용을 삶고 봉황 구우니" 같은 시어는 이하가 아니면 볼 수 없는 참신하고 예리한 표현이다.

시의 내용은 어렵지 않다. 옛날에는 유리로 된 기물(제사 때 쓰는 물건)을 몹시 귀하게 여겼다. 술틀은 술을 짜 걸러내는 틀. 그 술틀에서 방울방울 떨어지는 술 방울이 진주처럼 붉다. 이 얼마나 감각적 표현인가. 그렇게 술을 마련하고 안주로 용을 삶고 봉황을 굽는다. 물론 실제로 그런 것은 아니다. 그러나 이 얼마나 호쾌한 상상력인가. 그리하여 가기는 흰 이를 드러내어 노래하고, 허리가 가는 무희들은 하늘하늘 춤을 춘다. 아, 청춘의 봄이 다 지나가는데, 어지럽게 지는 복사꽃 꽃잎이 붉은 비처럼 흩뿌려 내린다.

마지막 행 '유령의 무덤'에서 유령은 누구인가. 그는 진나라 때 죽림칠현의 한 사람으로, 외출할 때는 사슴이 끄는 수레에 술과 삽을 싣고 다니며 "술을 먹다 죽으면 그대로 나를 묻으라"라고 할 만큼 술을 좋아한 사람이다. 그런 그도 무덤까지는 술을 가져가지 못했으니, 살아생전 기회 있을 때 흠뻑 마시고 취하라는 말이다.

한 구절

유리종호박농琉璃鍾琥珀濃(하고)

소조주적진주홍小槽酒滴眞珠紅(이라)

유리 술잔에 호박빛 술 진하고

술틀의 술 방울 진주처럼 붉다.

이하(790~816)

중국 당나라 때의 시인. 색채감이 풍부한 감각적 시를 지었다. 생전에 높은 평가를 받지 못했으나 다른 누구와도 유사점을 찾을 수 없는 독특한 시풍을 남겼다. 26세에 요절했다.

이하의 다른 시 두 편을 더 감상하면서, 그만이 갖고 있는 시의 독특함을 느껴보자.

가을이 오니 (추래 秋來)

이하

오동나무에 부는 바람
괴로운 사내 가슴을 놀라게 하고

희미한 등불 아래 귀뚜라미 소리
싸늘한 가을밤을 휘감아 돈다.

그 누가 대나무로 엮은 나의 책을 읽어
책 벌레에 좀먹지 않게 할 수 있을까.

오늘처럼 생각에 잠기는 밤이면
뱃속 창자가 곧추서고

찬비 오는 밤
귀신이 나를 조문弔問하러 온다.

가으내 무덤 속에서 내 넋은
포조의 시를 읊으며

한스러운 내 피는
흙무덤 속에서 천년을 푸르리라.

찬비 오고 귀뚜라미 울음소리 스산하기만 한 가을밤, 한 시대를 불운하게 살다 간 포조의 시나 읊으며 지내는 이하의 고뇌에 찬 처지가 손에 잡힐 듯 다가온다.

포조는 중국 송나라 때의 시인. 출신이 미천하여 벼슬길에 어려움이 많았다. 그는 대표작 「의행로난」에서 자신의 불우한 신세에 대한 분노를 표출하여, 권문사대가들에게 불만을 표시했다. 이하 역시 포조처럼 인생이 살기 어려웠으니, 그에게 동병상련의 정을 느꼈을 것이다. 그러나 귀신이 조문하러 올 정도로 절망에 차 쓴 이하의 시는 흙무덤 속에서 썩어 사라지지 않고 천년을 이어 내려와 오늘날까지 푸르게 빛나고 있다.

신현곡 神絃曲

이하

해 지고
어둠이 깔리면
귀신들이 온다, 바람에 불려
말을 타고 구름을 차면서.

땅에서는 풍악이 일고
우는 듯 흐느끼는 듯
비파 소리, 날라리 피리 소리.

무당은 사르르 치마를 끌며
춤을 춘다, 가을을 밟고.

계수나무 잎 바람에 떨자
그 열매 떨어지고
살쾡이는 피를 토하며 울고
여우는 겁에 질려 죽는다.

낡은 벽에 그려진 용은 꼬리에 금박을 두르고
비의 신은 말을 타고 가을 못 속으로 들어가는데

백 년 묵은 올빼미는 나무 도깨비가 된다.
웃음소리 푸른 불 둥지에서 솟구친다.

이하는 늘 죽음을 염두에 두고 시를 썼던 것 같다. 그가 불우한 일생을 살다 26세에 요절한 것만 보아도 그러하다. 그의 대표작 중 하나인 이 시도 마치 귀신을 직접 목격하고 쓴 것 같은 느낌이 든다. 비파와 피리 소리가 뒤섞이는 가운데(청각적 이미지) 가을을 밟고 무당이 춤을 춘다는 감각적 언어 표현에 이르기까지, 현란하면서도 역동적인 한 폭의 '귀신도'를 그려내고 있다. 백 년 묵은 올빼미 둥지 한가운데서 웃음소리 푸른 불이 솟구친다는 대목에서는 괴기스러운 공감각적 이미지의 극치를 보는 듯하다.

태항산 오르는 길 (태항로 太行路)

백낙천

수레도 부술 만큼 험한 태항산 길도
그대 마음에 비하면 훨씬 평탄한 길.

무협의 물 거칠어 배를 뒤집을 만해도
그대 마음에 비하면 편안한 흐름.

그대 마음 좋아함과 싫어함 일정치 않아
좋아하면 칭찬하여 모발이 나게 하고
미워하면 헐뜯어 부스럼이 나게 한다.

그대와 결혼하여 5년도 채 안 되었는데
사이좋던 부부가 멀어질 줄은.

옛말에 색色이 쇠하면 서로 멀어진다 했는데
그때의 미인들 원망하고 후회했거늘
그러나 지금 거울 속
내 얼굴 변치 않았는데
어찌 그대 마음 변하셨나.

그대 위해 옷에 향내가 배게 해도

그대는 난초 향과 사향도 향기롭다 하지 않고

그대 위해 곱게 화장하고 꾸며도

그대 내 고운 모습 보고도 얼굴색 하나 안 변한다.

세상살이 어렵구나, 진짜 어렵구나.

사람으로 태어나려거든 절대

여자로는 태어나지 마라.

백 년 고락이 남의 손에 달렸으니.

살기가 어렵구나. 산보다 어렵고 물보다 험하구나.

인간 세상 부부만 그런 게 아니라

임금과 신하 또한 그렇다.

그대는 보지 못했는가.

왼쪽의 납언과 오른쪽의 납사 같은 신하가

아침에 은총을 받다 저녁에 죽는 것을.

세상살이 어려움은

산 때문도 물 때문도 아니고

오직 사람의 변덕스러움 때문이다.

이 시의 화자는 중년 여성이다. 백낙천은 중년 여성의 입을 빌려 여성으로서 겪는 인생살이의 어려움을 토로하고 있다. 그러나 이 는 겉으로 드러난 의미일 뿐, 진짜 속뜻은 세상의 군주君主 된 자를 반성시키려는 데 있다. 여자의 인생살이 어려움이 남편의 변덕스 러움 때문이듯, 군신 간의 어려움도 군왕의 변덕 때문이라는 것이 다. 그런 점에서 이 시는 사회 풍자적이라 할 수 있다. 사람 마음이 험한 것을 산천의 험함에 비유하고, 부부 금실을 군신 관계에 비교 하였다.

태항산(타이항산) 가는 길이 몹시 험하여 수레가 부서질 정도지 만, 그대 마음에 비하면 오히려 평탄하다. 무협의 급류는 배를 뒤 집을 만하지만, 역시 그대 마음에 비하면 오히려 잔잔하다. 그대 마음은 너무나 변덕스러워 기분이 좋아 칭찬할 때는 모발이 나게 하고, 미워서 헐뜯을 때는 부스럼이 나게 한다. 옛날에는 미인이었 다가 지금은 늙어 사랑이 쇠해져도 원망할 판인데, 나는 늙지도 않 고 아직 젊은데 어찌 그대 마음 변했는가. 세상 살기 참 어렵다. 사 람으로 세상에 나려거든 여자로는 태어나지 마라. 평생의 괴로움 과 즐거움이 남자 손에 달렸으니 인생 살기가 이렇게나 험하구나.

이는 군신 간에도 마찬가지다. 임금의 왼쪽에서 그 말을 기록하 던 납언이라는 벼슬, 오른쪽에서 정치적인 일을 기록하던 납사라 는 벼슬을 하며 총애를 한 몸에 받던 사람도 저녁에 죽임을 당하는 것은 실로 반복무상한 인정에 있다. 그러니 세상 살기 어려움은 산 때문도 물 때문도 아니고, 사람의 변덕스러운 감정 때문인 것이다.

한 구절

행로난, 부재수부재산 行路難, 不在水不在山 (하고)

지재인정반복간 祇在人情反覆間 (이라)

세상살이 어려움은, 산 때문도 물 때문도 아니고
오직 사람의 변덕스러움 때문이다.

백낙천(772~846)

중국 당나라 때의 시인. 본명은 백거이白居易. 그가 남긴 문집이 71권, 작품은 총 3,800여 수에 달해 당나라 시인 가운데 최대 분량을 자랑한다. 45세 때 지었다는 「비파행」으로 당나라에서 가장 뛰어난 시인으로 꼽히며, 현종과 양귀비의 사랑을 노래한 장시 「장한가」도 유명하다.

대풍가 大風歌

유방

큰 바람 부니
구름이 솟구친다.

천하에 위엄 떨치고
고향에 돌아왔다.

어찌해서든 용사를 얻어
천하를 지키리라.

해설과 감상

이 시는 한나라 고조 유방이 항우와 싸워 이겨 천하를 통일한 후 고향인 패현에 머물 때 지었다. 유방은 그곳에서 술자리를 벌여 옛 친구들과 마을 사람들을 모두 불러 모아 마음껏 술을 마신 후, 술에 취해 축*을 치며 직접 이 노래를 지어 불렀다고 한다.

* 타악기의 하나.

큰 바람 몰아치니 구름이 솟구치듯, 나도 그러한 기세로 세상을 평정했노라. 나는 천하에 위세를 떨치고 고향에 돌아왔다. 그러나 나는 방심하지 않고 용맹한 인재를 얻어 천하를 지킬 것이다.

대풍 같은 형세로 천하를 정복하고, 앞으로 어떻게 해서든 나라를 지키겠다는 유방의 헌걸찬 의지가 잘 나타나 있다.

한 구절

안득맹사혜수사방安得猛士兮守四方(이라)

어찌해서든 용사를 얻어 천하를 지키리라.

> **유방(기원전 256~기원전 195)**
>
> 진나라 멸망 후 중국 천하를 놓고 항우와 싸워 이겨 한나라를 세웠다.

음중팔선가 飲中八仙歌

두보

하지장은 말 타면 배를 탄 듯
술에 취해 우물에 떨어져도 우물 바닥에서 잔다네.

여양왕은 술 서 말은 마셔야 비로소 천자를 뵈러 가고
길 가다 누룩 실은 수레 보면 침을 흘리며
주천酒泉의 왕으로 봉해지지 않음을 한탄한다네.

좌상은 날마다 주흥酒興비로 일만 전을 쓰는데
마치 큰 고래가 강물을 들이켜듯 술을 마시며
잔을 입에 물고 청주를 즐기며 세상의 현인이라 한다네.

최종지는 말쑥한 미소년으로
잔 들고 흰 눈으로 푸른 하늘 쳐다보면
달빛처럼 빛나는 것이 바람 앞의 백옥 나무 같아.

소진은 수놓은 불상 앞에서 오래도록 재계했네.
취하기만 하면 종종 선에서 도피하길 좋아했지.

이백은 술 한 말에 시 백 편을 짓고
장안 저잣거리 술집에서 잠을 자며
천자가 불러도 배에 오르지 않고
스스로 일컫기를 술의 신선이라 했다네.

장욱은 석 잔을 마시면 초성이라 전해지는데
왕공 앞에서도 모자 벗고 정수리를 드러내 보이며
붓 휘둘러 종이에 닿으면 구름 연기 같았네.

초수는 술 닷 말은 마셔야 말이 똑똑해지는데
고상한 이야기 거침없는 말솜씨로 좌중을 놀라게 한다네.

해설과 감상

「음중팔선가」란 한마디로 술 잘 마시는 여덟 명의 주당에 대한 시다. 두보는 당대 최고의 술꾼으로 하지장, 여양왕 이진, 좌상 이적지, 최종지, 소진, 이백, 장욱, 초수를 일컫는다. 이들이 각각 취했을 때의 면모를 시로 쓴 것이다.

하지장은 장안에서 처음 이백을 보고 '적선인'이라고 한 사람이다. 적선인이란 귀양 온 신선, 하늘나라에서 죄를 지어 이 세상에 내려온 신선이라는 뜻이다. 그는 이백과 평소 술을 자주 마셨는데,

술 마시고 말을 타면 마치 배를 탄 듯 몸이 이리저리 흔들렸다. 그러다 우물에 떨어지면 밑바닥에서 그대로 잠을 잘 정도로 술을 마셨다.

여양왕은 이진을 말한다. 하지장 등과 술로 교제했다. 술 서 말을 마셔야 조정에 천자를 뵈러 가고, 샘의 물맛이 술 같은 주천의 왕이 되지 못함을 한탄했다.

좌상은 좌승상 이적지를 말하는데 하루 술값으로 일만 전을 썼다. 당나라 때 술 한 말이 삼백 전이었다고 하니 얼마나 술을 많이 마셨는지 알 수 있다.

이백은 술 한 말을 마시면 시 백 편을 지었다. 시장 골목 아무 술집에서나 잠을 잤고, 천자가 불러도 가지 않았으며 스스로를 '주선'이라 했다.

초서의 달인 장욱은 취하면 왕공 앞에서도 모자를 벗어 이마를 드러낼 정도로 호기로웠으며, 평소 말이 없던 초수는 술 닷 말을 마시면 고상한 이야기가 거침없이 쏟아져 나왔다.

주당 여덟 명 중 두보가 보기에 제일가는 주당은 역시 이백이었나 보다. 다른 사람은 두세 줄인데 이백에게는 네 줄이나 할애했으니 말이다.

한 구절

이백 일 두 시 백 편 李白一斗詩百篇 (하고)

두보(712~770)

중국 당나라 때의 시인. 이백과 함께 중국 최고의 시인으로 시성이라 불린다. 소년 시절부터 시를 잘 지었으나 과거에는 급제하지 못해 각지를 방랑하며 지냈고, 그 과정에서 이백·고적 등과 교유하였다. 그의 시에는 사회 부정에 대한 격렬한 분노와 인간에 대한 한결같은 애정과 성의가 잘 나타나 있다.

장한가 長恨歌

백낙천

당 현종이 여색을 중히 여겨 경국 미인을 생각했으나
천하를 다스리며 오래도록 구해도 얻지 못했다네.
그때 양씨 집에 이제 막 자란 딸이 있었는데
깊은 규중에서 자라나 아는 사람 아무도 없었네.

타고난 아름다움 그냥 버려지기 어려우니
하루아침에 뽑혀 천자 곁에 가게 되었네.
머리 돌려 한번 웃으면 온갖 아름다움이 생겨나
육궁의 미녀들이 무색했다네.

봄추위 싸늘할 때 화청지에서 목욕하니
온천물 매끄럽게 엉긴 기름 씻어내네.
시녀들 부축하여 일으키니 나긋나긋하여 설 힘도 없는 듯한데
이때가 바로 비로소 새 은총 받았을 때.

구름 같은 검은 머리, 꽃 같은 얼굴
걸음걸음마다 흔들리는 머리의 금비녀
연꽃무늬 수놓은 휘장 드리워진 따뜻한 방에서 봄밤을 지

새웠다네.

봄밤이 너무 짧아 해가 높이 뜬 뒤에 일어나니

이때부터 천자는 애써 정사를 돌보지 않았다네.

총애를 받아 잔치 시중 드느라 한가할 틈 없었으니

봄에는 봄놀이하고 밤에는 밤대로 독점했다네.

후궁에 아름다운 미녀 삼천 명이나 있었지만

삼천 명이 받을 총애 혼자 다 받았다네.

금옥에서 화장한 후 아름답게 밤 시중 들고

옥누대에서 잔치 끝나면 취하여 밤기운에 어울렸다네.

자매 형제가 모두 영지를 받아

광채가 집 문에서 빛나니

드디어 천하의 부모들로 하여금

아들보다 딸 낳음을 중히 여기게 했다네.

여궁은 높이 솟아 푸른 구름 속 들어 있고

신선의 풍악仙樂은 바람결에 실려 곳곳에서 들렸다네.

느린 노래 느린 춤에 관현 소리 섞여 있고

종일토록 구경해도 천자는 싫증 나지 않으셨다네.

난데없는 어양의 북소리 땅을 치듯 들려오니

예상우의곡이 놀라 깨어졌다네.

구중궁궐에 연기와 먼지 피어오르고

천 대의 마차 일만의 군마 서남쪽으로 쫓겨 갔다네.

천자의 깃발 흔들흔들 가다 서다 하더니

서쪽 도성문 나와 가기 백여 리.

6군의 병사 앞으로 나아가지 않으니 어찌하리오.

아름다운 미인도 병사들 말 앞에서 죽었다네.

꽃비녀 땅에 버려져도 줍는 사람 없고

금비녀 옥비녀 머리 장식 여기저기 널렸구나.

천자는 얼굴 가린 채 구하지 못해

머리 돌리고 피눈물을 줄줄 흘렸다네.

누런 먼지 사방에 흩어지고 바람은 소슬할 때

구름 걸린 잔도로 구불구불 검각에 올랐네.

촉산蜀山 아래 길 가는 사람 적은데

깃발은 정기를 잃고 해마저 기우는구나.

촉 강물 푸르고 촉산 또한 푸르건만

천자의 마음은 자나 깨나 그립기만 해

행궁에서 보는 달조차 마음 아프고

밤비에 듣는 말방울 소리 애간장을 끊었다네.

하늘이 돌고 땅이 바뀌어 천자의 수레 돌아오는데

이곳에 이르자 머뭇거리며 차마 떠날 수 없었네.

마외파 아래 진흙 속에는

옥 같은 얼굴 보이지 않고 죽은 자리만 남았네.

임금과 신하 서로 돌아보며 눈물로 옷깃을 적시고

동쪽 도성 문 바라보며 말 가는 대로 돌아왔네.

돌아오니 못과 뜰 모두 옛날 그대로

태액지엔 연꽃 피고 미앙궁엔 버들이 늘어졌다네.

연꽃은 얼굴 같고 버들은 눈썹 같으니

이를 보고도 어찌 눈물 흘리지 않으리오.

봄바람에 복사꽃 자두꽃 활짝 피는 밤

가을비에 오동잎 떨어질 때

서궁과 남원에 가을 풀 많은데

궁전의 낙엽 섬돌에 떨어져 쌓여도 쓰는 이 하나 없네.

이원의 제자들도 백발이 성성하고

젊고 예쁜 황후의 궁녀들도 다 늙었네.

저녁 궁전에 반딧불 날면 생각나 서글퍼지고

외로이 등잔 심지 다 돋우도록 잠 못 이루었네.

느릿느릿 시간을 알리는 북소리에 처음 밤이 긴 줄 알았고

반짝이는 은하수에 날이 밝으려는 것을 알았네.

원앙 기와 차가운데 서리 내려 더 무겁고

비취 이불 싸늘한데 누구와 함께 자리오.

136

삶과 죽음으로 갈라져 아득하기만 한데
혼백마저 꿈속에 찾아오지 않는구나.

임공의 도사로 홍도문에 손님으로 온 사람이 있었는데

정성을 다해 혼백을 부를 수 있다 하네.
천자께서 그리워 잠 못 이룬다는 말에 감동하여
방사로 하여금 은근히 찾게 했네.

바람 타고 구름 몰고 번개같이 내달려
하늘에 오르고 땅에 들어가 이를 두루 찾는데
위로는 하늘 끝까지 아래로는 황천까지 뒤졌으나
두 곳 모두 아득할 뿐 찾지 못했다네.

문득 듣기를, 바다 저쪽 신선들 사는 산이 있어
산은 보일 듯 말 듯 까마득한 곳에 있는데
누대 전각 영롱하고 오색구름 일어나니
그중 아름다운 선녀들 많다더라.
그 가운데 한 사람 자가 옥진인데
눈 같은 피부 꽃 같은 모습이 거의 비슷하더라.

황금 대궐 서쪽 행랑에서 옥 빗장을 두드리고
소옥으로 하여금 다시 쌍성에게 알리도록 했네.

당나라 천자의 사신이 왔다는 소릴 듣고

구화장 장막 안에서 꿈꾸던 혼이 놀라 깨어났네.

옷자락 잡고 베개 밀치며 일어나 서성이더니

구슬발 은병풍 열고 나왔네.

구름 같은 귀밑머리 반쯤 흐트러져 이제 막 잠에서 깬 듯한데

화관도 매만지지 않고 대청으로 내려왔네.

바람 불어 옷소매를 펄럭펄럭 들어 올리니

예상우의곡에 맞춰 춤추는 듯했고

옥 같은 얼굴 쓸쓸하게 눈물 흘리니

배꽃 한 가지가 비에 젖은 듯하더라.

정을 품고 응시하며 천자께 감사하기를

"한 번 이별 후 옥음과 용안 모두 뵙지 못하여

소양전에서 받던 은혜와 사랑 끊긴 채

이곳 봉래전에서 부질없이 세월만 보내고 있었습니다.

머리 돌려 아래 인간 세상을 바라보았더니

장안은 보이지 않고 먼지와 안개만 보이더이다.

오직 옛 물건으로 깊은 정 나타내고자 하니

자개 상자와 금비녀를 가져다드리십시오.

비녀 한쪽 끝과 자개 상자 한 짝을 남겼으니

금비녀는 가르고 자개 상자는 나누었습니다.

다만 우리의 마음 금비녀나 자개 상자처럼 굳다면

하늘 위에서나 인간 세상에서 반드시 다시 만날 것입니다.

헤어질 즈음 은근히 당부의 말 거듭하는데
그 말에는 둘만이 아는 맹세가 있었네.
7월 7일 칠석날 장생전에서
밤 깊어 사람 없자 은밀히 속삭였던 말,
"하늘에서는 원컨대 비익조가 되고
땅에서는 원컨대 연리지가 되리라."

하늘과 땅이 영원해도 언젠가 다할 때가 있겠으나
이 한만은 끊이지 않고 면면히 이어지리라.

해설과 감상

「장한가」는 백낙천이 당나라 현종과 양귀비의 사랑을 주제로 지은 시다. 시의 말미에 "천장지구유시진天長地久有時盡, 차한면면무절기此恨綿綿無絶期"라는 시구가 있는데, 이 구절에서 장長 자와 한恨 자를 가져다 '장한가'라고 이름 지었다.

이 시는 크게 세 부분으로 되어 있다.

첫 부분. 양귀비가 등장하여 그 미모와 총애받는 모습이 서술되어 있다. 환락과 영화, 행복의 절정에서 안녹산의 난이 일어나고 그 모든 것이 깨진다. 둘째 부분. 현종이 촉나라로 피난 가는 도중

마외파에서 양귀비가 죽고, 촉의 행궁에서 느낀 슬픔, 귀경 후의 쓸쓸함과 양귀비에 대한 추모가 나와 있다. 끝부분. 도사가 도술로 양귀비의 혼을 찾아 현종의 뜻을 전하고 귀비의 영혼에게서 금차(금비녀)와 전합(향합)을 기탁받는다. 이를 현종과 귀비 둘만 아는 장생전에서의 언약을 증거로 들어 현종에게 전한다는 내용이다.

현종은 당나라 6대 임금(재위 712~756년)으로 학문과 문재가 뛰어나 '개원의 치'를 구가한 명군이었다. 그런데 말년에 이르러 정무에 소홀해져 사치와 애욕에 빠지고 아첨하는 신하를 가까이했다. 736년 총애하던 무혜비를 잃고 상심하던 현종은 양귀비를 만나 사치와 환락의 정점을 이루었으니 이때(745년) 현종의 나이 60세, 양귀비는 26세였다. 두보는 당시의 비참한 상황을 「장안에서 봉선현으로 가면서 5백 자로 회포를 읊다自京赴奉先縣詠懷五百字」라는 시에서 "부잣집에서는 술과 고기 굽는 냄새가 진동하는데 / 길에는 얼어 죽은 사람들의 뼈가 나뒹굴고 있네"라고 읊었다.

이러한 현종의 실정에 반기를 들어 755년 안녹산의 난이 일어났다. 안녹산은 15만 병력으로 하북(허베이)을 평정하고, 다음 해 장안을 함락했다. 현종은 촉 땅으로 도망갔는데, 장안에서 100여 리쯤 떨어진 마외파에 이르자 병사들이 양귀비와 재상 양국충을 죽일 것을 강력하게 요구한다. 이에 양국충은 처형되고 현종이 양귀비를 옹호했지만 결국 자결을 명했다. 그 후 난이 평정되어 궁궐로 돌아온 현종은 양귀비를 그리워하다가 죽었다.

특히 이 시의 끝부분에 나오는 도사의 초혼(영혼을 부름), 영계
에서 옥진이 하는 말 등이 신비성을 띠고 있어 시의 절정을 이루는
데, 이는 백낙천의 「장한가」에서만 볼 수 있는 특징이다.

한 구절

재천원작비익조 在天願作比翼鳥(하고)
재지원위연리지 在地願爲連理枝(라)

하늘에서는 원컨대 비익조가 되고
땅에서는 원컨대 연리지가 되리라.

천장지구유시진 天長地久有時盡(하나)
차한면면무절기 此恨綿綿無絶期(라)

하늘과 땅이 영원해도 언젠가 다할 때가 있겠으나
이 한만은 끊이지 않고 면면히 이어지리라.

가난한 사귐 (빈교행貧交行)

두보

손바닥 뒤집으면 구름이 되고
손바닥 엎으면 비가 되는 것 같은

어지럽고 경박한 세상
어찌 다 헤아릴 수 있으랴.

그대는 보지 못하였는가.
관중과 포숙의 가난할 때 사귐을

이 도를 요즘 사람들
흙처럼 내버린다.

해설과 감상

이 시는 세상인심의 경박함을 풍자하면서 옛날 관중과 포숙 같은 친교가 없음을 한탄하고 있다.

손바닥을 젖히면 구름이 되고 엎으면 비가 되는 것처럼 사소한

원인으로 날씨는 급변한다. 인심의 변화도 이와 같다. 그러나 옛날에는 그렇지 않았으니 그대들은 보지 못했는가, 관중과 포숙의 두터운 우정을. 요즘 사람들은 이 같은 진실한 우정의 도를 흙먼지 떨듯 내버린다. 참으로 한심한 일이 아닐 수 없다.

한 구절

번수작운복수우 翻手作雲覆手雨

손바닥 뒤집으면 구름이 되고 손바닥 엎으면 비가 된다.

▶ 이 말에서 '번운복우 翻雲覆雨'라는 말이 생겨났다. 인정의 번복이 무상함을 한탄하는 말이다. 또 이리저리 고쳐 뒤집는다는 뜻의 '번복 翻覆'이란 말도 생겨났다.

두보(712~770)

중국 당나라 때의 시인. 이백과 함께 중국 최고의 시인으로 시성이라 불린다. 소년 시절부터 시를 잘 지었으나 과거에는 급제하지 못해 각지를 방랑하며 지냈고, 그 과정에서 이백·고적 등과 교유하였다. 그의 시에는 사회 부정에 대한 격렬한 분노와 인간에 대한 한결같은 애정과 성의가 잘 나타나 있다.

관포빈시교管鮑貧時交

　관중과 포숙의 가난할 적 사귐, 곧 관포지교管鮑之交를 말한다. 친구 사이의 두터운 우정을 비유하는 말로, 사마천의 『사기』 「관안열전」에 나온다.

　관중은 포숙에 대해 이렇게 말했다. "내가 일찍이 곤궁할 적에 포숙과 함께 장사를 했는데, 이익을 나눌 때마다 내가 더 많은 몫을 가져갔지만 포숙은 나를 욕심 많은 사람이라고 말하지 않았다. 내가 가난한 것을 알았기 때문이다. 일찍이 나는 포숙을 위해 일을 꾀하다가 실패하여 더 곤궁한 지경에 이르렀지만 포숙은 나를 우매하다고 하지 않았다. 시운에 따라 이롭고 이롭지 않은 것이 있는 줄을 알았기 때문이다. 일찍이 나는 여러 차례 벼슬길에 나갔다가 매번 임금에게 쫓겨났지만 포숙은 나를 무능하다고 하지 않았다. 내가 시운을 만나지 못한 줄을 알았기 때문이다. 일찍이 나는 여러 차례 싸웠다가 모두 패해서 달아났지만 포숙은 나를 겁쟁이라고 하지 않았다. 나에게 늙은 어머니가 있다는 것을 알았기 때문이다. 공자 규가 패하였을 때 동료 소홀은 죽고 나는 잡혀 욕된 몸이 되었지만 포숙은 나를 부끄러움을 모르는 자라고 하지 않았다. 내가 작은 일에 부끄러워하지 않고 공명을 천하에 드러내지 못함을 부끄러워한다는 것을 알았기 때문이다. 나를 낳은 이는 부모지만 나를 알아준 이는 포숙이다."

비파의 노래 (비파행 琵琶行)

백낙천

<서문>

(당나라 현종 때의) 원화 10년(815년) 나는 구강군의 사마로 좌천되었다. 이듬해 가을 분수구에서 손님을 전송하다 밤에 배 안에서 비파 뜯는 소리를 들었다. 들어보니 쟁쟁한 게 서울에서나 들을 수 있는 소리였다. 그녀를 찾아 물어보니 본래 장안의 기녀로, 일찍이 목·조 두 명인에게 비파를 배웠는데, 나이 들고 용모가 시들어 지금은 장사치의 아내가 되었노라고 했다. 드디어 술자리를 마련하여 몇 곡을 더 쾌히 타게 하였다. 곡조가 끝나자 시름에 잠긴 채 스스로 젊었을 때의 즐거웠던 일과 이제는 영락하여 초췌해진 것이며, 강호를 전전하게 된 이야기를 하였다. 내가 외직으로 나온 게 2년, 그동안 편안하게 스스로 만족하고 있었는데, 이 사람 말을 듣고 느낀 바 있어, 비로소 내가 죄를 짓고 지방에 유배된 듯한 느낌이 들었다. 그래서 이 시를 지어 그녀에게 주었다. 모두 616자로 제목을 「비파행」이라고 하였다.

<첫째 단락>

심양강 가에서 밤에 손님을 전송하는데

단풍잎과 억새꽃에 가을바람 쓸쓸하다.

말에서 내려 손님 있는 배에 올라

이별주 마시려 하나 관현의 음악이 없구나.

취해도 기쁘지 않아 쓸쓸히 헤어지려는데

아득하고 희미한 강물에 달이 잠긴 듯.

그때 홀연히 강물 위로 비파 소리 들려오니

나는 돌아오길 잊고 손님 또한 떠나지 못하였다.

그 소리 듣고 조용히 "뜯는 자가 누구요?" 물었더니

비파 소리 그치고 말할 듯 말 듯 망설인다.

배를 옮겨 가까이 가 만나기를 청하고

술 더하고 등불 밝혀 다시 잔치를 열었다.

천 번 만 번 소리쳐 불러 비로소 나오는데

아직도 비파를 안아 얼굴 반쯤 가렸다.

축 돌리고 줄 퉁겨 두세 번 소리 내보는데

아직 곡조도 이루지 않았건만 정이 먼저 담겼더라.

한 줄 한 줄 손가락으로 누르니 소리마다 이는 슬픈 생각

평생의 뜻 얻지 못함을 하소연하는 듯.

눈썹 내리깔고 손길 따라 연이어 타니

마음속 끝없는 사연 모두 모두 말하는 듯.

가볍게 눌렀다 천천히 쓸고 퉁겼다 다시 올려 치는데
처음엔 「예상우의곡」을 타더니 나중에는 「육요곡」이구나.
굵은 현은 좌락좌락 소낙비 내리는 듯
가는 현은 소곤소곤 속삭이는 듯.
좌락좌락 소곤소곤 뒤섞어 타니
큰 구슬 작은 구슬 옥쟁반에 구르는 듯.
때로는 꽃 사이 꾀꼬리 소리처럼 매끄럽고
졸졸 여울로 흘러가는 샘물처럼 가냘프다.

그 샘물 차갑게 얼어붙듯 줄 엉키고 끊겨
비파 소리 잠시 멈추었다.
순간 깊은 시름과 남모르는 한 북받쳐 오르니
이때는 소리 없음이 소리 있음보다 낫구나.
그러다 은 항아리 갑자기 깨져 술이 쏟아지듯
철갑 기병 튀어나와 창칼이 부딪는 듯
곡이 급전,
곡이 끝나매 발을 빼 비파를 가슴에 대고 그으니

네 줄이 한소리인 듯 비단 찢는 소리 같더라.

<둘째 단락>

동쪽 서쪽 배들 고요히 소리 없고
강 한가운데 가을 달만 희미할 뿐.

침울한 표정으로 발 거두이 줄 사이 끼워 넣고

옷매무새 정돈하고 얼굴 가다듬고

스스로 말하기를, "나는 본래 장안의 여자로

하마릉 옆에 집이 있어 거기 살았답니다.

열세 살에 비파를 배워 일가를 이루어

이름이 교방에 들었고 그중에서도 첫째였답니다.

곡이 끝나면 언제나 스승이 탄복했고

곱게 화장할 때마다 추낭의 질투를 받았지요.

오릉의 젊은이들이 다투어 선물을 머리에 감아주었고

한 곡 끝날 때마다 붉은 비단을 셀 수 없이 받았어요.

금비녀 은비녀 모두 박자 맞추느라 깨지고

붉은색 비단 치마는 술 엎질러 더럽혔어요.

올해의 즐거운 웃음 다음 해에도 되풀이되어

가을 달 봄바람을 그렇게 보냈답니다.

그러다 동생이 군대 가고 이모도 죽었으며

저녁 가고 아침 오는 사이 얼굴도 늙었지요.

문 앞은 몰락하여 말 타고 오는 이 드물고

나이 들어 시집가 장사꾼의 아내가 되었답니다.

상인(남편)은 돈벌이만 중히 여기고 별리의 정은 가볍게 여겨

지난달 부량으로 차를 사러 갔답니다.

강가 서성이며 빈 배 지키자니

배를 비추는 밝은 달에 강물만 차가웠지요.

밤 깊어 홀연히 젊을 적 꿈을 꾸니

꿈에 화장한 눈에 붉은 눈물만 흘렀답니다."

<셋째 단락>

"나는 이미 비파 소리를 듣고 탄식했는데

그대 말 들으니 거듭 탄식하게 되네그려.

우리 모두 하늘 끝 쓸쓸한 사람들이니

서로 만남에 어찌 예부터 아는 사이 따지겠는가.

나는 지난해 장안에서 쫓겨 와 심양성에 귀양 사는 몸

심양은 벽지라 음악이 없어

해가 다 가도록 거문고 피리 소리 듣지 못했다네.

분강 가까이 사는데 땅이 낮고 습하여

황로와 고죽이 집 둘레에 무성하니

아침저녁으로 무슨 소릴 들었겠소?

피 토하듯 우는 두견새 소리와 원숭이의 슬픈 울음소리뿐

산가와 마을 사람이 부는 피리 소리가 있긴 했지만

그 소리 조잡하여 듣기 거북했다오.

오늘 밤 그대 비파 소리 들으니

마치 신선의 음악이라도 들은 듯 귀가 맑아졌다오.

사양 말고 다시 앉아 한 곡 더 타주구려.

그대 위해 나는 「비파행」을 지으리다."

내 말에 감동하여 잠시 서 있다가

다시 앉아 줄 퉁기니 비파 소리 급하구나.

전보다 더 처절한 비파 소리에

거기 있던 이들 모두 얼굴 가리고 울었다.

그중에 누가 가장 많이 울었을까?

강주 사마인 내 옷소매가 가장 많이 젖었다.

해설과 감상

「비파행」은 「장한가」와 함께 백낙천이 남긴 걸작으로 후대에 깊은 영향을 끼친 작품이다.

「비파행」은 모두 세 단락으로 되어 있다.

첫째 단락은 친구를 전송하기 위해 밤에 심양강 가에 나온 지은이가 비파 소리를 듣고, 거기에 이끌려 비파 타는 여자를 찾아가 그 소리를 듣는 부분이다. 비파 소리를 시구로 옮겨 실제로 듣는 듯한 효과를 거두고 있다.

둘째 단락은 비파 타는 여자의 이야기를 독백 형식으로 그려 인생의 변전 무상을 보여준다. 그 여자의 기구한 신세에서 시인 백낙천은 자기 신세의 고달픔을 느낀다.

셋째 단락은 백낙천 자신의 이야기를 하면서, 불우한 두 사람의 공통적인 슬픔을 드러낸다. 외롭고 조야한 유배 생활 중 우연히 비파의 명인을 만난 감격을 이야기하면서, 그녀를 위해 「비파행」을 쓰게 된 심정을 서술한다.

「비파행」은 단순한 서정시가 아니고, 비파의 음악미에 대한 노래다. 비파 타는 여자의 이야기인 동시에 비파를 사랑하는 시인의 예술적 감각이 깃들어 있다. 시인 자신의 불우한 처지를 탄식하지만, 그보다는 비파를 연주하는 예술적 감정을 더 강하게 표현하고 있다.

한 구절

차시무성승유성 此時無聲勝有聲

이때는 소리 없음이 소리 있음보다 낫구나.

백낙천(772~846)

중국 당나라 때의 시인. 본명은 백거이白居易. 그가 남긴 문집이 71권, 작품은 총 3,800여 수에 달해 당나라 시인 가운데 최대 분량을 자랑한다. 45세 때 지었다는 「비파행」으로 당나라에서 가장 뛰어난 시인으로 꼽히며, 현종과 양귀비의 사랑을 노래한 장시 「장한가」도 유명하다.

조재도의 『쉽게 읽는 고문진보』를 읽고

송병렬(영남대 한문교육과 명예교수)

1.

동아시아에서 시와 언어의 개념 정의로 오래된 것은 『시경詩經』 「모시서毛詩序」다. 거기에도 "시詩란 사람의 감정이나 의지를 표현하는 형식이고, 마음속에 품고 있으면 감정이나 생각이지만 언어로 표현하면 시가 된다. 정감이 마음속에서 격발되고 마음을 뒤흔들어 담아둘 수만 없어서 말로 표현하는 것이다"라고 했다. 우리나라에서는 율곡 이이가 『율곡전서』 「인물세고」에서 "인간의 언어는 모든 소리 가운데 가장 정교한 것이요, 글〔문사文辭〕은 언어 가운데 또 가장 정밀한 것인데, 시는 글 가운데서도 가장 빼어난 것이다"라고 했다. 세상의 많은 소리 중에서 '언어'가 가장 정제된 표현이고, 문사文辭는 그 언어 가운데서 가장 정교한 것이며, 시는 그중에서도 가장 빼어난 것으로 규정했다는 말이다.

세상에는 얼마나 많은 소리가 존재하는가? 자연물이 스스로 내는 소리와 서로 부딪혀서 내는 소리 등 우리의 청각을 통해 들을 수 있는 소리는 물론이고, 우리의 감각을 벗어나 들을 수 없는 소리도 수없이 많다. 그러나 어떤 소리도 그저 소리일 뿐 의미를 전달하거나 의사소통을 하지는 않는다. 오로지 인간만이 소리에 의미를 부여하고 각각의 부족, 민족이 그들의 공통 언어를 사용한다. 인간만이 세상 만물을 보고 듣고 느낀 것을 '언어'로 의미를 규정해 사용하는 것이다.

자연계에 존재하는 실체가 우리의 오감을 통해 인지된 것에 언어로 의미 부여를 하지 않았다면 생각의 소통이란 불가능하다. 자연계에 수많은 소리가 존재하지만, 사람이 의사소통을 하는 '언어'는 그 가운데 보이지 않는 가상의 것도 옮겨 오고 숨겨진 비밀도 드러낼 수 있다. 그래서 이규보는 「시의 마귀를 몰아내는 글(구시마문驅詩魔文)」에서 이렇게 말한다.

땅은 고요함을 숭상하고 하늘은 이름 붙이기 어려운 것이다. 어둑한 조화 만물과 흐릿한 신명은 혼돈해서 아득했으며, 컴컴하고 깊이 어두웠다. 혼돈의 세계는 빗장과 자물쇠로 굳게 잠겼는데, 너는 생각 없이 그 신령스럽고 오묘함을 염탐하여 비밀을 발설하니 당돌하기 그지없었다. 달의 옆구리를 치니 달[月]이 병들고 하늘의 가슴을 뚫으니 하늘이 놀랐다. 이 때문에 신령은 좋아하지 않고, 하늘은 불쾌하게 여긴다. 너 때문에 사람들의 삶이 각박해졌다. 〔……〕 구름과 노을의 빼어남, 달과 이슬의 순수함, 벌레와 물고기의 괴이함, 새와 짐승의 이상함 그리고 저 갓 나온 새싹, 펴진 꽃밭

침, 초목과 꽃나무 등은 천태만상으로 천지간에 번성하고 아름답게 퍼져 있다. 그런데 너는 이들을 거침없이 취하면서, 열에 하나도 남김없이 보는 족족 노래로 읊어 잡다하게 티끌같이 이르면 모으고 그물질하기가 끝이 없다. 너의 검소하지 못함은 하늘과 땅도 미워한다.

시인의 창작욕을 의인화하여 말하고 있지만, 실은 언어와 시의 기능을 말한 것이다. 세상의 모든 자연물은 인간의 언어가 없을 때는 혼돈이요 이름 붙이기 어려운 것인데, 언어가 의미를 부여하고 그 언어 가운데서도 시의 언어로 혼돈의 세계에 이름을 붙이는 한편 아름다운 것, 추한 것 등의 모든 존재를 추상했다는 것이다. 이어서 우주 삼라만상은 본디 그 이름을 붙이거나 영묘한 비밀을 감추었는데, 그 비밀을 밝혀낸바 사물도 신령도 하늘도 비밀을 드러내어 사람이나 사물, 하늘까지도 놀라게 한 것이다. 이는 시 창작 욕구와 재능으로 우주 삼라만상의 감춰진 미적 세계를 다 읊어냈음을 말한다.

그리고 시인은 창작욕이 얼마나 왕성한지 구름이나 노을, 달, 이슬, 벌레, 물고기, 새, 짐승, 새싹 등 온갖 사물과 자연을 다 시로 읊어댄다. 마치 세계의 사물을 노래해서 그 시를 수집하고 그물질하는 것처럼 욕심을 부린다는 것이다. 시를 쓸 때는 온갖 수사를 동원하여 시적 대상을 읊어대는데, 비단 자연물에 그치는 것이 아니라 사람의 일에도 관여하여 찬양할 때는 그 인물에게 아첨하듯이

하며, 비판할 때는 칼로 찌르고 도끼로 치듯 날카롭게 한다. 권력자처럼 시를 통해 칭찬이나 벌을 주기도 하고, 공경대부처럼 나라의 정사에 관한 것도 시로 풀어내며 잘못된 정사를 배우처럼 조롱한다. 그러면서 시를 통해 자랑하거나 자신의 청렴을 과시하기도 한다. 즉 언어는 실재하는 자연물이 아니면서도 관념의 추상으로 가상 세계의 만물과 개념까지 창조하고 있음을 말한 것이다.

문학의 언어라고 해서 특수한 것은 아니다. 일상의 언어를 가지고 만물과 인간 세상의 일을 표현하고 상상해낸다. 그리고 그것을 보다 정밀하게 다듬어서 표현하는 것이 곧 문학의 특징임을 지적하고 있다.

2.

『고문진보』는 한문학을 하는 사람들에게 기본 학습서다. 조선시대 과거를 준비하는 선비들에게는 과시科詩와 과문科文을 공부하는 학습서이기도 했다. 한문으로 된 고전 교재를 에세이처럼 쉽게 읽을 수 있는 문학 교양서를 출판한다니, 우선 그 발상부터가 새롭다. 하지만 『고문진보』에 실린 시와 문장은 수천 년을 살아남아 여전히 우리에게 문학작품으로서 존재하는 것이니 그만한 가치가 있는 게 아닌가?

우리나라에서 과학운동을 하면서 여행을 좋아하는 어떤 이가 이런 말을 했다. "호주의 서호주 사막에 황량한 도로가 있다. 그곳에는 고장 나서 가지고 되돌아갈 수 없어 사막 한가운데 버려진 자동차들이 많이 있다. 녹슬어서 흉물이 되었을 줄 알았는데 오래도록 그 자리에 있다 보니 그 또한 장엄하고 아름다운 자연의 일부가 되어 있었다." 고장 나서 버려진 자동차도 오래되면 장엄하고 아름다운 자연의 일부가 되는데, 하물며 당대 최고의 시인과 문장가의 오래된 작품은 어떻겠는가?

오늘날에는 조선 시대 선비들처럼 과거 시험을 위해『고문진보』를 읽는 사람은 없다. 다만 글을 좋아하고 시를 사랑하는 사람들이『고문진보』를 읽어보니 문장과 시가 가슴에 와닿고 절절해 외우거나 책상에 붙여두고 이따금 바라보고 읽는다. 나 또한 이들과 크게 다르지 않아서, 서예가 이복연이 써준 구양수의 「취옹정기醉翁亭記」를 액자로 보관하고 틈틈이 감상한다. 사정이 이와 같다면『고문진보』라는 고전문학을 애호하는 사람들이 쉽게 읽도록 하는 것도 좋지 않을까?

『고문진보』는 중국 고전이다. 대부분 당송 시대의 작품들이다. 게다가 한문으로 된 것을 우리말로 옮긴 것이다.『고문진보』를 번역한 책은 매우 많다. 대부분 한학자나 한문학, 중문학 전공자 들이 번역했다. 나는 한국한문학 전공자로, 한문교육과 학생들을 가르친다. 그들을 가르치기 위해서『고문진보』번역본을 많이 참조했다.『고문진보』뿐 아니라 고전을 번역하는 처지에서 많은 번역본을 접해왔다. 번역을 하면서 스스로 만족스럽지 않을 때가 많았다. 산문보다 시를 읽을 때 더욱 그랬다. 특히 수업 중에 한문을 번역할 때면 맞춤한 언어를 찾는 게 쉽지 않았다. 학생들에게 초보적인 한문 해석을 지도할 때는, 그 풀이가 우리말로 제대로 이해가 되는지도 문제였기 때문이다. 번역은 "어떤 나라의 말이나 글을 다른 나라의 말이나 글로 옮기는 것"*이라고 『국어사전』의 정의를 가져다 말하지만, 번역이란 개념이 이 정도에서 그치지 않는다는 것은 분명하다. 다른 시대의, 다른 문화의, 다른 언어로 된 것을 등가적으로 일치시키기 위해 번역한다면 큰 오류에 빠지기 십상이다. 그래서 번역 수업을 할 때는 말이 많고 소리를 크게 낸다.

3.

조재도 시인이 『쉽게 읽는 고문진보』를 낸다. 출판 전에 먼저 읽어보게 되었다. 우리말을 잘 다듬어 감성을 표현할 줄 아는 시인이 한문으로 된 고전을 번역했다고 하니 그 풀이가 어떨지 궁금하기도 하고 기대도 들었다. 비교 대상이 여럿 있기에 읽는 데 시간이 걸렸다. 어떤 것은 한문 원문을 꼼꼼히 살펴가며 읽기도 했다. 모처럼 재미있는 독서였다.

우선 『쉽게 읽는 고문진보—시』부터 읽었다. 한시의 기본 형식

* 이향, 『번역이란 무엇인가』, 살림, 2008, 17쪽.

은 오언시 또는 칠언시인데, 일반적인 해석이나 번역은 그 형식에
구애받기 마련이다. 그런데 형식을 깨뜨린 것부터 눈에 들어왔다.
맹교의 「길 떠나는 아들의 노래(유자음 遊子吟)」의 원문은 다음과
같다.

慈母手中線
遊子身上衣
臨行密密縫
意恐遲遲歸
難將寸草心
報得三春暉

오언고시 五言古詩 6구로 되어 있는 작품이다. 그런데 이 작품을
이렇게 바꾸었다.

어머니 손에 들린 실로
길 떠나는 아들 옷을 짓는다.

떠날 때 되어 더욱 촘촘히 꿰맴은
돌아옴이 늦을까 걱정하시기 때문.

짧은 풀 같은 자식의 마음으로

158

석 달 봄 같은 어머니 사랑에 보답하기 어렵다.

　6구의 작품을 세 개의 연聯으로 바꾼 것이다. 눈이 환해졌다. 시
다움이 느껴졌다. 한문의 형식을 알고 의식하는 전공자로서는 생
각하지 못한 전개 방식이다. 전에는 원전으로 보는 것이 훨씬 좋았
고 번역은 답답하고 지루했다. 그런데 세 개의 연으로 바꾼 것을
보니 마치 시조를 읽는 듯한 느낌이었다.

　우리나라에서 한시나 산문을 창작할 때는 전통적으로 중국 고
사를 많이 사용하고, 관직명이나 지명도 중국의 관직명과 지명을
쓰는 것이 일반적이었다. 조선 후기에 이러한 경향이 진부하고 진
실성이 떨어진다고 해서 우리 고유의 속담이나 고사, 전고典故를
시나 문장에 활용하고, 관직명과 지명을 우리 것으로 쓰는 운동이
있었다. 이른바 다산의 조선시 선언과 연암의 조선풍 등이 그것이
다. 아울러 우리 시조나 노래를 한시로 옮기는 장르도 있었다. '소
악부小樂府'가 그것이다. 소악부 작품 가운데는 부자연스러운 것
도 종종 있지만, 원래 우리 시조나 노래만큼 좋고 한시 형식에도
잘 어울리게 옮긴 것이 많았다. 앞의 「길 떠나는 아들의 노래」에서
바로 그런 느낌을 받았다. 이 작품뿐만 아니라, 이백의 「자야오가
子夜吳歌―추가秋歌」 「벗과 함께 묵다(우인회숙友人會宿)」, 도연명의
「전원에 돌아와 살다(귀전원거歸田園居)」 등 대부분의 작품이 그
렇다.

　다음은 구절의 종결 어투다. 일반적으로 한시를 번역하다 보면

나 스스로도 어투가 바뀐다. '-로다' '-리라' '-어니' '-리니' 등 대부분 예스러운 표현들이다. 물론 이런 어투는 점잖고 품격이 느껴지면서 시어에 무게감이 실리는 것도 사실이다. 그런데 우리말로 옮겨놓고 보면 진부한 맛을 떨치기 어려웠다.

그런데 조재도 시인은 이러한 말투를 깨끗하게 다 버렸다. 그리고 지금의 우리 시에서 사용하는 어투로 다 바꾸었다. 다음은 이백의 「달빛 아래 홀로 술을 마시며(월하독작月下獨酌)」를 번역한 것이다.

꽃 아래 술 한 병을 놓고
친한 이 없이 홀로 마신다.

잔을 들어 밝은 달 맞으니
그림자까지 세 사람이 되었다.

달은 본래 술 마실 줄 모르고
그림자는 그저 내 몸을 따를 뿐.

잠시 달과 그림자를 벗하여
봄철 한때를 마음껏 즐긴다.

내가 노래하면 달은 서성이고

내가 춤을 추면 그림자가 어지럽다.

깨어 있을 땐 서로 어울려 놀지만
취한 후에는 제각기 흩어진다.

오래 얽힘이 없는 교유를 맺어
아득히 은하수를 사이에 두고 만나자.

"마신다"“되었다"“따를 뿐"“즐긴다"“어지럽다"“흩어진다"
"만나자"라는 끝 구절만 이어봐도 내용이 술술 읽힌다. 이 번역을
두고 이백이 아니라 조재도 시인이 달빛 아래서 혼자 술을 마시며
시를 지었다고 해도 눈치채지 못할 정도다. 이백의 「월하독작」이
이렇게 좋은 줄 예전엔 미처 몰랐다. 시의 원문은 다음과 같다.

花間一壺酒 獨酌無相親
擧杯邀明月 對影成三人
月既不解飲 影徒隨我身
暫伴月將影 行樂須及春
我歌月徘徊 我舞影零亂
醒時同交歡 醉後各分散
永結無情遊 相期邈雲漢

한시를 읽을 때는 압운에서 리듬감을 느끼고, 대우가 되는 구절을 만나게 되면 대칭의 안정감을 느낀다. 내용으로도 나〔我〕와 달〔月〕, 그림자〔影〕 세 가지가 세 사람으로 동질화되는 순간에 물아일체의 절정을 맛보았는데, 조재도 시인의 번역으로 술술 읽혀 감동을 주는 우리 시가 되었다. 한시가 우리 시고 우리 시가 한시인 듯한 느낌이다.

이 점은 그의 시 창작에서도 느낄 수 있다.『어머니 사시던 고향은』(열린서가, 2023)에 실린「뒤꼍」을 보자.

    외할아버지 생신 때
    어린애들 모여 앉아
    오기작오기작 아침밥 먹던

    따순 볕에 고사리
    호박고지 무말랭이가
    끄들끄들 말라도 가던

    올무에 걸린 산토끼
    가죽 벗겨 그 털
    감나무에 매달아 놓던

    호박잎에 싼 미꾸라지

솔가지 불에 구워도 먹던

"아침밥 먹던" "말라도 가던" "매달아 놓던" "구워도 먹던"으로
끝나는 각 연의 끝 구절은 마치 한시의 압운과도 같다. 모두 4연으
로 이루어진 이 작품은 한시의 기승전결 전개 방식을 느낄 수 있
다. 한시와 조재도의 시는 어울리지 않는다는 생각이 무너지는 순
간이다.

　일반적으로 한시에서 번역하기 어려운 단어들이 있다. 예를 들
면 '묻다'(문問)나 '말하다'(운云, 언言) 같은 동사가 그렇다. 말을
인용하는 표현을 써야 하기 때문이다. 가볍게 생각하면 쉬워 보이
지만, 다음 구절이나 내용 전반에 영향을 미치면 어렵다. 조재도
시인은 이 문제를 쉽게 풀어나간다. 가도의 「도사를 찾아갔으나
만나지 못하다(방도자불우訪道者不遇)」를 보면 알 수 있다.

소나무 아래 동자에게 물으니
스승은 약초 캐러 가셨다 한다.
이 산 어딘가 계시긴 하겠지만
구름이 깊어 모른다 한다.

　2구의 "……가셨다 한다"와 4구의 "……모른다 한다"에서 보듯
이, 두 끝 구절이 마치 절구시의 압운과 같은 역할을 하는 동시에
'언言'을 '-다 한다'로 풀이했다. 매끄러운 솜씨다. 이 작품의 한시

원문은 다음과 같다.

松下問童子 言師採藥去
只在此山中 雲深不知處

언言은 2구에 한 번 쓰였을 뿐이다. 그런데 두 번에 걸쳐 '-다 한다'로 옮김으로써 오히려 자연스러워졌다. 이런 번역이나 풀이는 여러 곳에 있다.

예를 들어 도연명의 「잡시雜詩—첫번째 시」 첫 구절 "인생이란 뿌리도 꼭지도 없어서人生無根蒂"와 작자 미상의 「고시古詩」(69쪽)의 제7, 8구 "호마는 북풍을 그리워하고 / 월나라 새는 남쪽 가지에 깃들인다," 그리고 두보의 「꿈에 이백을 보다(몽이백이수夢李白二首)」 제1수 제1, 2구 "사별은 울음조차 삼키게 하고 / 생이별은 언제나 마음 쓰리다" 등은 모두 한시의 시어를 우리말로 자연스럽게 번역한 사례다.

『두시상주杜詩詳註』는 두보의 시에 워낙 전고가 많기에 시어마다 주석을 달아야 한다. 이를 우리말로 옮기기가 쉽지 않다 보니 마치 산문집같이 번역된 것도 있다. 나도 동료들과 몇 년간 『두시상주』를 번역한 적이 있지만 완성하지는 못했다. 파악한 내용을 우리말로 어떻게 옮기는 것이 좋을지 몰라 길을 잃었던 것이다. 그만큼 한시 번역은 어렵다.

그런데 여기 시 부분에서 탁월한 번역을 짚어본다. 이하의 「술

164

을 권하다(장진주將進酒)」에 덧붙인 '더 읽기'에 나오는 작품 「신현
곡神絃曲」의 원문을 보자.

西山日沒東山昏 旋風吹馬馬踏雲

畫絃素管聲淺繁 花裙綷縩步秋塵

桂葉刷風桂墜子 青狸哭血寒狐死

古壁彩虯金帖尾 雨工騎入秋潭水

百年老鴞成木魅 笑聲碧火巢中起

이 원문은 주석 없이 한시만으로 읽기가 쉽지 않다. 그런데 그의
번역은 매우 탁월하다.

해 지고
어둠이 깔리면
귀신들이 온다, 바람에 불려
말을 타고 구름을 차면서.

땅에서는 풍악이 일고
우는 듯 흐느끼는 듯
비파 소리, 날라리 피리 소리.

무당은 사르르 치마를 끌며

춤을 춘다, 가을을 밟고.

계수나무 잎 바람에 떨자
그 열매 떨어지고
살쾡이는 피를 토하며 울고
여우는 겁에 질려 죽는다.

낡은 벽에 그려진 용은 꼬리에 금박을 두르고
비의 신은 말을 타고 가을 못 속으로 들어가는데

백 년 묵은 올빼미는 나무 도깨비가 된다.
웃음소리 푸른 불 둥지에서 솟구친다.

이 시가 귀신에게 제사를 지내면서 현악기의 노래로 신을 즐겁게 하는 곡조라는 것이다. 1연은 황혼 무렵에 신이 강림하는 장면을 묘사한 것이다. 2연과 3연은 무당이 일어나서 춤을 추며 신을 영접하는 장면이다. 이 같은 장면을 모순 없이 전개하여 마치 어느 산골짜기에서 황혼에 무당이 굿하는 모습, 무당이 불러들인 신들에 의해 못된 짐승들(살쾡이, 여우)이 피를 토하고 죽고 백 년 묵은 올빼미는 나무 도깨비가 되는 장면이 판타지처럼 떠오른다. 이하의 이 작품을 이렇게 풀이할 수 있다는 것이 놀라웠다.

4.

다음은 『쉽게 읽는 고문진보―산문』을 이야기해보자. 산문은 시와 다르게 당시 문화와 풍속 등이 강하게 작용한다. 따라서 작품을 선정하기가 까다롭고 풀이하기 어려운 부분도 많다.

산문 작품을 읽다 보면 대명사처럼 사용되는 명사가 있다. 명사를 대명사처럼 사용하는 옛사람들의 특수한 화법이다. 예를 들면 '이름'과 함께 '자字' '호號' '시호諡號' '관직명官職名' '고향故鄕' '관향貫鄕' 등이 인물을 나타내는데, 이러한 호칭의 사용은 상황에 따라 각각 다르다. 지은이가 자신의 이름을 바로 들어서 쓰면 그것은 일인칭이다. 상대를 부를 때는 이름 외의 다른 호칭을 이인칭 또는 삼인칭처럼 쓴다.

조재도 시인은 이러한 문제를 잘 인식하고, 마치 오늘날의 산문을 대하듯이 인칭을 사용했다. 굴원의 「어부와의 대화(어부사漁父辭)」 첫 문장은 다음과 같다.

屈原既放 遊於江潭 行吟澤畔 顔色憔悴 形容枯槁……

屈原(굴원)이 주어다. 작품의 지은이는 굴원 자신이다. 따라서 첫 단어 '屈原'은 '내가'로 옮겨야 한다. 그는 이 첫 문장을 다음과 같이 옮겼다.

내〔굴원〕가 죄인으로 몰려 추방되어 상강 가에서 지낼 때였다. 연못가를 거닐며 읊조렸다. 안색이 마르고 생기가 없으니……

구양수의 「가을 소리에 대하여(추성부秋聲賦)」의 첫 문장도 마찬가지다.

歐陽子 方夜讀書 聞有聲 自西南來者 悚然而聽之 曰……

내〔구양수〕가 밤에 책을 읽는데 서남쪽에서 어떤 소리가 들렸다. 머리끝이 쭈뼛해져 그 소리에 바짝 귀를 기울이곤 혼잣말을 했다.

산문 번역에서 많은 오역이 발생하는 것이 의인체 작품이다. 흔히 '가전假傳'이라고 하는데, 사물이나 동물 등을 의인화해서 작품을 전개하는 방식이다. 이 경우 작품의 주인공이 되는 사물이나 동물은 사람에 비견되므로 반드시 사람의 행동이나 말로 바꿔주어야 한다. 그러나 원문이나 전고의 내용이 사물이나 동물의 것으로 되어 있기 때문에 비의하는 것을 잊고 번역하기 쉽다. 실제로 많은 번역이 그렇다. 한유의 「모영(붓)의 집안과 생애 이야기(모영전毛穎傳)」의 원문과 풀이를 보자.

毛穎者 中山人也 其先明晄 佐禹治東方土 養萬物有功 因封 於卯地 死爲十二神 ……

168

모영은 성이 '모毛' 씨이고, 이름이 '영穎'이다. 따라서 그냥 사람의 전기로 번역해야 한다.

모영은 중산 사람이다. 그의 선조는 명시이니 우임금을 도와 동쪽 땅을 다스렸다. 만물을 기르는 데 공을 세워 묘 땅에 봉해지고, 죽어서 십이신의 하나가 되었다.

박스 안에 비유나 고사를 설명하고, 본문은 의인화의 특징을 잘 살려서 풀이했다. 대부분의 경우 설명을 본문 안에 넣어 풀이해, 오역인 줄 모르고 내용을 전개하여 독자로 하여금 오해를 불러일으킨다. 특히 가전은 국문학에서 고전소설로 정의한다. 가전은 말 그대로 '전'의 형식을 빌려서 사대부 작가들이 고문의 연습과 과시科詩로 많이 창작했다. 조재도 시인은 이 부분을 명확히 이해하고 잘 풀이하고 있다.

『쉽게 읽는 고문진보―시』에서와 마찬가지로『산문』에서도 작품에 달린 '해설과 감상'이 적절하다. 유종원의 「대목수 이야기(재인전梓人傳)」의 '해설과 감상'을 살펴보자.

이 글은 대목수 이야기를 통해 정치에 대해 설명하고 있다. 지은이는 "천자를 도와 천하를 다스리는 재상은 관리를 천거하여 임무를 부과하고, 지휘하여 부리며, 정치의 기강을 바로잡아 신축성 있게 운용하면서 법령과 제도를 통일하여 정돈해야 한다. 이는 곧 목수가 그림쇠와 곡척과 먹줄과 먹통을 가지고 규격을 정하는 것과 같다"라고 했는데, 이 글이 지은이의 그러한 생각을 잘 드러내고 있다. 따라서 뒤에 생략된 글은 목수 이야기에 이어 천자를 도와 천하를 다스리는 재상에 관한 이야기다.

이를 보면 작품에 사용된 비유나 상징을 날카롭게 분석하여 해설하고, 이를 통해 작품을 즐겁게 감상할 수 있게 한다.

이 책의 재미는 따로 있다. 작품을 감상하는 한편, 중요한 구절이나 재미있는 부분은 '한 구절'로 다시 써서 되새기도록 한 것이다. 마치 교훈적인 경구로 읽히는 아포리즘을 연상케 한다. 유종원의 「대목수 이야기(재인전梓人傳)」의 '한 구절'이다.

노심자勞心者(는) 역인役人(하고)
노력자勞力者(는) 역어인役於人(이라)
정신을 쓰는 자는 다른 사람을 부리고,
육체의 힘을 쓰는 자는 부림을 당한다.

원문 안의 한 구절만 발췌했는데 경구가 되었다. 정신을 쓰는 사람과 육체의 힘을 쓰는 사람을 비교한 것인데, 요즘 시대에도 충분히 적용하고 생각해봄 직하다. 유종원의 「정원사 곽탁타 이야기(종수곽탁타전種樹郭橐駝傳)」의 '한 구절'이다.

애지愛之(나) 기실해지其實害之(며)

우지憂之(나) 기실수지其實讐之(라)

사랑한다지만 실은 해치는 것이며,

걱정되어 그런다지만 실은 원수가 되는 것이다.

나무를 심고 기르는 이치를 설명하는 이 한 구절은 자식 교육에 적용해도 손색이 없다.

이와 같이 작품에서 '한 구절'을 뽑아 되새기는 것을 보면 조재도 시인은 영락없는 교육자다. 내가 조재도 시인의 글을 처음 읽은 것은 『교과교육』 창간호(푸른나무, 1988)에 실린 「어머니, 지금 이 땅의 아이들은」을 통해서다. 나는 그가 교사로 몇몇 학교를 옮겨 다니다 공주농고에서 학급 문집을 만들었던 이야기를 읽었다. 그런데 지금 그가 퇴임하고 나서도 월간 『청소년 평화』를 운영하는 것을 보고 '역시 그다운 실천이다!'라고 생각했다.

그런 조재도 시인이 『쉽게 읽는 고문진보』를 내니 그 발상이 과감하고 참신하다. 누구나 예술 작품을 쉽게 즐겨야 한다는 그의 바람대로, 이 책은 청소년을 비롯해 어른들에게도 새로운 감동을 느끼게 해줄 것이다.